Roten Burg

Viele Helfer, vielen Dank

Besonderen Dank an
Teresa
Ellen
Carina
Cordula
Kochi
Eschi

und meiner Familie

1 10 25 19 2 1

Roten Burg

Prolog

Es ist weit nach Mitternacht. Wie lange hat er bereits an diesem Bericht geschrieben? Er kann sich nicht erinnern. Die Tage fließen ineinander über, fünf Tage reichen gefühlt nicht aus, um das zu schaffen, was von ihm erwartet wird. Dabei gibt er sich wirklich Mühe. Arbeitet von früh bis spät, übernachtet an manchen Tagen sogar in seinem alten Bereitschaftszimmer, das er noch aus Studientagen nur allzu gut kennt. Die Schreibtischlampe flackert. Oder sind es seine müden Augen, die ihm Streiche spielen? „Aus. Vorbei. Ich kann nicht mehr.", murmelt er und schließt das Schreibprogramm auf seinem Arbeitscomputer. Seine Beine sind eingeschlafen, er schält sich langsam aus dem Bürosessel und knipst die Tischlampe aus. Lethargisch reibt er seine müden Augen. Auch heute wird er es nicht mehr nach Hause schaffen. Zu weit erscheint ihm der Weg. Und morgen früh wartet bereits die nächste OP auf ihn. Schlaf war es, wonach er sich sehnte. Wo war ihm in seinem Zustand schon egal. Er wird nach unten zur diensthabenden Schwester gehen und fragen, ob noch ein Bett im Ruheraum frei ist. Aber was heißt hier fragen, es wird eines frei sein müssen. Schließlich ist er ein Oberarzt dieses verdammten Krankenhauses. Aber ehrlich gesagt hatte er sich das ein bisschen anders vorgestellt. Statt Ruhm, Ehre und Prestige heißt es jetzt Arbeit, Arbeit und noch mehr Arbeit. Wozu eigentlich das Ganze? Um seinem Vater zu beweisen, dass er als Arzt doch was taugt? Er ist kein gutaussehender und eloquenter Hochstapler, dem bloß sein guter Name und seine geschickte Art, Menschen für sich arbeiten zu lassen, Tür und Tor geöffnet haben. Warum gibt er eigentlich etwas auf die hypothetische Meinung eines Mannes, der bereits seit 12 Jahren am städtischen Friedhof vor sich hin fault? Sein Leben vor diesem „Karrieresprung“ war eigentlich sehr angenehm verlaufen. Gute Work-Life-Balance, wie die Jungen sagen würden. Er hatte genügend Zeit, um Berufliches und Privates unter einen Hut zu bringen. Und auch das Vergnügen kam nicht zu kurz … Aber irgendwas in ihm ließ ihm keine Ruhe. Da war diese kleine Stimme, die ihn schon sein ganzes Leben lang plagte. „Willst du wirklich dein ganzes Leben diese beschissene Praxis deines Alten weiterführen? Immer nur der Sohn des ach so kompetenten und beliebten Dr. Ferdinand Schulz sein? Die Leute mögen dich nicht. Sie werden dich nie akzeptieren. Du wirst nie aus dem Schatten deines Vaters treten können. Du bist nicht gut genug. Und du weißt es.“ Er hasste diese Stimme mehr als alles andere auf der Welt und er tat alles, wirklich alles, um sie zum Schweigen zu bringen. Sogar den Posten des Oberarztes des Rothenburger Klinikums bekam er. Es gibt nichts, was er nicht erreichen konnte. Denn er wusste, wenn es darum ging diese Stimme wenigstens für einen Moment zum Schweigen zu bringen, konnte er Kräfte mobilisieren, von denen keiner gedacht hätte, dass er sie besaß. Die kleinen Pillen, die er sich selbst verschreibt, tun ihr übriges. Auch heute werden sie ihm einen guten Dienst erweisen. Bevor er geht, nimmt er, wie jeden Abend, das Pillendöschen aus dem Wandschrank und schüttet drei Stück mit einem kräftigen Schluck Wodka, geschickt in einer Mineralwasserflasche getarnt, hinunter. Wen interessierte es schon, dass er nicht der kompetenteste, engagierteste und einfühlsamste Arzt war? Hier geht es nicht um Können, es geht um Kennen. Und er kennt genügend Leute. Besser, als ihnen lieb ist … Erinnerungen an letztes Wochenende. Das kleine Grundstück am See. Das Bootshaus. Die süßen Kleinen … Alle waren sie da, die ganze Gruppe, und hatten mit ihren Familien ein schönes Wochenende am See verbracht, Wanderungen in die angrenzenden Dörfer unternommen und sehr gut gespeist. Sogar Jürgen ist extra aus Stuttgart angereist. Sie hatten alle sehr fordernde Berufe, Zeit im Kreise von lieben Menschen war kostbar und so genossen sie alle diese Zusammenkunft sehr. Schon seit mehreren Jahren treffen sie sich mindestens zwei Mal im Jahr mit ihren Familien an diesem idyllischen Ort, um ein paar entspannende Stunden zu erleben, bevor der Arbeitsalltag sie wieder voll vereinnahmt. Nach den Wochenenden im Bootshaus herrscht stets eine entspannte Stimmung. Mitarbeiter werden gelobt, Ehefrauen bekommen wieder ein Küsschen und in der Früh grüßt man sich freundlich auf dem Weg zur Arbeit. Herrlich, wie entspannt man sein kann. Aber leider hält dieses Hochgefühl nie so lange an, wie man gerne hätte. Bald müssen sie sich wiedersehen. Wochen wie diese bringen einen ans Limit. Er kann ein bisschen Extraentspannung gut gebrauchen. Vielleicht würde er sich morgen einmal bei Jürgen melden, fragen was die Familie nächstes Wochenende so geplant hat …

Beseelt von angenehmen Erinnerungen und der Vorfreude auf das kommende Wochenende, gibt er sich einen Ruck und erhebt sich von dem Besuchersessel, auf dem er zuvor gedankenverloren niedergesunken war. Leise sperrt er die Türe seines Bürozimmers zu und geht den schwach beleuchteten Gang hinunter. Sein Büro liegt auf der anderen Seite der Rezeption, er muss den Ostflügel des Krankenhauses durchqueren, um zum Haupteingang zu gelangen. Sein Magen knurrt, er hat den ganzen Tag nichts gegessen. Ihm scheint, als ob die Wirkung der Pillen bereits einsetzen würde. Aber das kann nicht sein, er hatte sie doch gerade erst genommen. Das muss die Müdigkeit gepaart mit Hunger sein. Sein Gang wird schleppender, er droht über die eigenen Füße zu stolpern. „Was soll denn das, ich werde mir doch nichts von dieser kleinen Rotznase heute Vormittag geholt haben.", denkt er verärgert, während er nach dem Holzgeländer greift, dass an der Seite der Wand entlangläuft. Seine Augen fallen immer wieder zu und sein Körper wird schwer wie Blei. Die Beine werden zu Gummi, er sackt zusammen. Sein Herz rast. Irgendwas stimmt hier ganz und gar nicht. Panisch versucht er, um Hilfe zu schreien, immerhin ist er ja in einem Krankenhaus, aber kein Laut kommt ihm über die Lippen. Nur ein ersticktes Röcheln entflieht seiner Kehle. Der beißende Geruch von frisch desinfiziertem Linoleum sticht in seiner Nase, als er mit dem Gesicht voran auf den Boden fällt. Panisch versucht er sich an dem Geländer hochzuziehen, aber auch seine Arme haben keine Kraft mehr. Vielleicht ist die Putzfrau noch in der Nähe und wird auf ihn aufmerksam. Er sackt zusammen und bleibt, mit einer Wange auf dem Flur, liegen. „Bleib wach, Mann, bleib wach!". Mit aller Kraft zwingt er sich dazu die Augen offen zu halten. Voller Anstrengung versucht er etwas zu sagen, aber es rinnt nur Spucke aus seinem geöffneten Mund. Seine brennenden Augen sind auf den Flur gerichtet; sie scheinen das einzige zu sein, dass er noch halbwegs kontrollieren kann. Da sieht er in der Entfernung eine Bewegung. War da jemand? Ist das die Putzfrau? Oh Gott, oder vielleicht eine der Schwestern? Und tatsächlich, die Schritte nähern sich ihm. Gott sei Dank, er ist gerettet. Grunzend versucht er noch einmal auf sich aufmerksam zu machen. Zwei blaue Plastiksäcke kommen immer näher, bis sie direkt vor seinem Gesicht stehen bleiben. Da erkennt er, dass es sich um ein Paar Einweg-Überziehschuhe handelt. Aber warum denn das? Es war doch viel zu spät für eine OP. Angestrengt versucht er den Kopf zu heben und sieht gerade noch wie zwei behandschuhte Hände ein schwarzes Tuch über ihm ausbreiten. Dann wird alles dunkel um ihn. Und wieder einmal hat die Dunkelheit über ihn gesiegt. Erloschen ist die Flamme der Hoffnung. Hello darkness my old friend. Ist denn das Leben nichts anderes als ein wandelndes Schattenbild?

Kapitel 1

Zwanzig Jahre hatte Kommissar Armin Weis keinen Fuß in das malerische Städtchen Rothenburg ob der Tauber gesetzt. Zu viele schlechte Erinnerungen. Nach dem Abi hatte er nur einen Wunsch: So weit wie möglich weg aus diesem Ort. Geschafft hat er es bis nach München. Immerhin. Die Mieten sind zu hoch, die Menschen zu versnobt und die Innenstadt jeden Tag zu überfüllt. Aber er war froh, weg zu sein, aus diesem verschlafenen Städtchen, das nur von asiatischen Touristen mit Sonnenbrand und patriotischen Einheimischen als unglaublich romantisch bezeichnet werden kann. Wenn man dort aufwächst, lernt man eine andere Seite kennen. Die Seiten hinter den schönen Fachwerkfassaden. Die, die kein Tourist jemals zu Gesicht bekommt. Die Seiten, die Menschen gerne hinter dicken Mauern und freundlichen Gesichtern verbergen. Die Seiten, von denen man morgens angewidert in der Zeitung liest und nicht glauben kann, dass sowas vor der eigenen Haustüre passiert sein soll. Und diese Seiten haben mit dem mittelalterlichen Charme der pittoresken Häuschen und Plätzchen herzlich wenig zu tun. München ist wahrscheinlich gar nicht so anders, aber größer und anonymer. Außerdem gibt es dort für geschiedene und kinderlose Kriminalbeamte mit starken Burn-Out-Tendenzen immer etwas zu tun. Und nun war er zurück. In seiner alten Heimat. Auch wenn es ihm schwer fällt Rothenburg als solche zu bezeichnen. Heimat, das ist doch immer auch ein Stück Geborgenheit. Doch das war Rothenburg für Armin Weis nie. Warum er wieder hier ist? Zwangseinsatz sozusagen. Zum ersten Mal verfluchte er die Tatsache, dass er nicht nur ein passionierter Kriminalbeamter, sondern auch Experte für historische Forensik war. Warum konnte er sich nicht für Fußball und Frauen interessieren, wie alle normalen Männer?

Er hatte diese Gässchen und Gassen schon viele Male durchwandert und auch nach zwanzig Jahren hatte sich nicht viel verändert. Das historische Zentrum der Stadt war immer noch dasselbe. Bunte Fachwerkhäuser reihen sich wie niedliche Puppenhäuschen aneinander. Kommissar Weis muss zugeben, dass es schön ist. Aber all die Schönheit kann die schlechten Erinnerungen nicht wettmachen. Trotzdem hatte er seinen Wagen weiter draußen geparkt, um wieder einmal durch die Gassen seiner Kindheit spazieren zu können. Die Galgengasse herunterspazierend, passiert er den Weißen Turm und anschließend die St. Jakobskirche. Am Marktplatz angekommen stellt er fest, dass auch hier noch alles beim Alten ist: Der heilige Georg massakriert immer noch das arme Schuppentier am Brunnen vor dem Hotel „Goldener Hirsch" und die Sonnenuhr blitzt immer noch akkurat vergoldet im Licht des anbrechenden Tages. Soweit, so gut. Er überquert den Marktplatz, vorbei an der Konditorei Prezel, die einst den Eltern seines einzigen Freundes gehört hatte und geht schnellen Schrittes die Herrngasse in Richtung des alten Stadttores hinauf. Angesichts dieser postkartenartigen Idylle, die das Städtchen Rothenburg ausstrahlt, scheint es beinahe unglaubwürdig, dass hier heute Nacht ein grausamer Mord stattgefunden haben soll. Alles wirkt so friedlich und harmonisch. Andererseits sollte man sich von äußeren Eindrücken nicht täuschen lassen. Weis weiß das besser als jeder Andere. In Gedanken versunken setzt er seinen Weg in Richtung des Burggartens fort. Bereits auf Höhe der Blasiuskapelle kommen ihm die ersten Polizeibeamten entgegen. Ein weiß-rotes Absperrband versperrt den Weg. Armin Weis zeigt seine Dienstmarke und wird durch die Absperrung gelassen. „Kommissar

Weis aus München. Wir haben Sie bereits erwartet!" Der Beamte deutet in die Richtung des Tatortes. Er bleibt stehen und atmet einmal tief ein, bevor er seinen Weg zur Burggartenanlage antritt. Das steinerne Gesicht, das an dem Portal angebracht ist, starrt ihn mit aufgerissenem Mund und leeren Augen an. Wie passend. Auch für einen erfahrenen Kriminalbeamten ist die Inspektion eines Tatortes kein einfaches Unterfangen. Und trotz seiner langen Dienstjahre schaudert es ihn immer noch, wenn er daran denkt, wie sich das Opfer in den letzten Minuten seines Lebens gefühlt haben muss. Sogleich verdrängt er diese Gedanken wieder. Zu viel Empathie verstellt den Blick aufs Wesentliche. Die antiken, steinernen Figuren im bunt blühenden Beet des berühmten Figurengartens scheinen ihn mit spöttischen Blicken zu verfolgen. *Wenn ihr nur sprechen könntet* ... Mit schnellen Schritten eilt er am Brokkoli-Brunnen vorbei, der in Form und Ausführung seinem

Namen alle Ehre macht. Beruhigend plätschert das Wasser aus einer kleinen Öffnung über den brokkoli-förmigen Stein in ein kleines Steinbecken, in dem etliche Wasserpflanzen friedlich hin und her wiegen. Damals war er gerne hierhergekommen, um in Ruhe seine Kriminalromane zu verschlingen, die er einmal in der Woche in der Schulbibliothek ausgeliehen hatte. Das alles scheint heute so weit weg zu sein ... Die Luft wirkt wie elektrisch aufgeladen, in seinem Nacken stellen sich die feinen Härchen auf. Der Tatort konnte nicht mehr weit entfernt sein, er hat einen sechsten Sinn für sowas. Und tatsächlich. Gut versteckt unter dem dichten Blätterdach einer mächtigen, alten Eiche sieht er ihn. Bienen summen und Schmetterlinge tanzen im gelblichen Licht der morgendlichen Sonne. Sie scheinen sich von der grotesk deformierten Leiche, die gut versteckt im schattigen Teil des Gartens liegt, nicht stören zu lassen. Wobei liegen nicht der richtige Ausdruck ist. Stecken trifft es eher. Die liebliche Romantik des morgendlichen Burggartens und die rohe Gewalt des Tatortes vereinen sich zu einem skurrilen Gesamtbild. Das Szenario, das sich vor ihm ausbreitet, hätte auch aus einem dieser verstörenden Arthouse-Filme stammen können, die Miriam damals so begeistert geschaut hat. *Miriam* … Aber das war jetzt nicht die Zeit und der Ort, um nostalgisch zu werden. Vor ihm ragt ein mindestens 1,5 Meter hoher Pfahl aus der Erde. Und auf diesem Holz steckt ein Mann mittleren Alters. Der Pfahl hat sich durch seinen Anus gebohrt und schaut aus seiner Mundöffnung heraus. Die toten Augen sind nach oben gerichtet, der Kopf in einer unnatürlichen Position Richtung Himmel gebeugt, den Mund zu einer fürchterlichen Öffnung geformt, durch die die obere Spitze des Pfahls herausragt. Weis muss an einen mittelalterlichen Holzstich denken, den er in einem Lehrbuch gesehen hat. Die Hände des Opfers sind auf dem

Rücken mit einem groben Tuch zusammengebunden, die Füße wurden mittels Stacheldrahtzaun um den Pfahl gewickelt. Das Metall hat sich tief in seine Knöchel gebohrt, Rinnsale aus dunklem, getrocknetem Blut suchten sich ihren Weg in die weißen Turnschuhe und färbten diese rostrot. Auf der Stirn prangern zwei Worte, die mit einem dicken, schwarzen Stift geschrieben sein mussten. ULTIMA RATIO. Die letzte Lösung. Das letzte Mittel in einem Interessenskonflikt, wenn zuvor alle anderen Lösungsvorschläge verworfen wurden. Gut, dass er nach dem Abi ein paar Monate Jura studiert hatte, bevor es ihm zu trocken wurde. Ein gefolterter Jesus ohne Querbalken. Die untere Hälfte des Pfahls war blutverschmiert. Was für eine kranke Scheiße.
Die Position lässt keinen Zweifel an der Vorgehensweise zu. Das Opfer wurde lebendig auf den Pfahl platziert und zwar so, dass es durch das eigene Körpergewicht und das allmählich nachgebende Bindegewebe

quälend langsam aufgespießt wurde. Kommissar Weis muss den Blick abwenden. Ihm wird übel. Er geht zu der kleinen Mauer am Ende des Gartens und setzt sich. Von hier hat man einen wunderschönen Blick über Rothenburg, doch dafür hat er gerade keinen Nerv. Im Laufe seiner Dienstjahre hat er zwar schon vieles gesehen, einfacher wird es trotzdem nicht. Außerdem war das nicht nur ein Mord, nein, es war eine brutale Folter, die einen langsamen und qualvollen Tod für das Opfer bedeutete. Hier ging es nicht darum, jemanden schnell verschwinden zu lassen. Es ging darum, den armen Teufel so richtig leiden zu lassen. Er atmet noch einmal tief durch und geht zurück zum Gepfählten. Sein Hauptaugenmerk liegt jetzt auf dem Pfahl. Dieser scheint alt zu sein, das Holz ist dunkel und die metallenen Umrandungen sind verrostet. Die Art, wie die Metallschnallen geschmiedet wurden, spricht für spätmittelalterliche Handwerkskunst. Das obere Ende des Pfahls ist allerdings heller, das Holz unterscheidet sich optisch vom Rest. Außerdem ist die Spitze des Pfahls nicht ganz symmetrisch. Es wirkt fast so, als ob sie erst vor kurzem angespitzt worden wäre und derjenige, der sie gespitzt hatte, schien kein Talent im Umgang mit einer Axt zu besitzen. Aber das Resultat erfüllte seinen Zweck: Einen quälend langsamen, schmerzhaften und würdelosen Tod. Selbst im Mittelalter war diese Art der Pfählung verpönt. Normalerweise wurden die Opfer lebendig begraben und ihnen anschließend ein Pfahl durch das Herz gerammt. Weis überlegt, wie das Opfer wohl auf dem Pfahl platziert wurde. Keine Spuren eines Hilfswerkzeugs zu sehen. *Wahrscheinlich hat er ihm zuerst den Pfahl in den Arsch gerammt und das Ding anschließend mit dem Opfer drauf in ein zuvor ausgehobenes Loch in die Erde gesteckt. Der Täter muss ein ziemliches Kraftpaket sein.* Und tatsächlich. Neben dem Pfahl befinden sich ein paar ausgerissene Grasbüschel und Erde.

Zufrieden sieht sich Weis in seiner Annahme bestätigt und wendet sich nun der aufgespießten Leiche zu. Das Opfer trägt eine weiße Leinenhose, die von einer Menge Blut rostrot gefärbt wurde. Das Blut rannte in dünnen Streifen die Hosenbeine hinunter und färbte auch die weißen Turnschuhe dunkelrot. Das Weiß des Poloshirts wirkt in diesem Szenario fast schon unnatürlich strahlend. Das obere Ende des Hemdes ist mit blutigen Spuckflecken besudelt. Schwarze, zerzauste Haarsträhnen kleben im Gesicht des Leichnams, er scheint stark geschwitzt zu haben. Das Ganze erinnert Weis an ein Kunstwerk des exzentrischen österreichischen Skandal-Künstlers Hermann Nitsch. *Das Blut muss spritzen.*
Weis blickt sich kurz um. Wo hatte der Täter geparkt? Wie hatte er das Opfer hierher gebracht? Diese Fragen und Aufgaben überließ er den anderen Beamten, die schon ums Gelände herum Spuren aufnahmen. Hierzu wartet er deren Bericht und Ergeb-

nisse ab. Er kümmert sich nun erst einmal um den Ermordeten. Gerade als er seine Handschuhe übergezogen und mit der Inspektion der Leiche beginnen will, nähert sich von hinten ein Mann in Dienstuniform.

Kapitel 2

„Schau an, schau an. Wen haben wir denn da? Long time, no see." Die schrecklich deutsche Betonung der englischen Phrase tut Weis in den Ohren weh. Die Stimme kommt ihm bekannt vor. *Bitte mach, dass ich mich geirrt habe.* Mit verkniffenem Gesichtsausdruck dreht er sich um und blickt in die dümmlich grinsende Visage eines pausbäckigen Mannes, der seine besten Jahre auch bereits lange hinter sich zu haben scheint. „Christopher Eberlein. Was für eine Freude." Seine Miene bleibt kalt, von Freude keine Spur. *Es musste ja so kommen.* „Polizeihauptkommissar Christopher Eberlein, mittlerweile. Na, wer hätte gedacht, dass du dich hier noch einmal blicken lässt. Wie lange ist das jetzt her? 18 Jahre?" „20 Jahre.", antwortet Weis kalt und fügt lässig hinzu, „Ich habe mitbekommen, dass ihr hier ein bisschen überfordert seid und kompetente Hilfe benötigen könnt. Zufällig bin ich Experte, wenn es drum geht `nen Stock im Arsch zu haben. Also habe ich mir gedacht, was soll's, statte ich eben der alten", er betonte das Wort seltsam gedehnt: "Heimat mal wieder einen Besuch ab. Viel hat sich ja nicht verändert seit ich weg bin. Stehst du nachts immer noch vor den Fenstern alter Damen und holst dir einen runter, Chris? Oder muss dich dein Vater jetzt nicht mehr aus jeder Misere freikaufen?" Der Polizeikommissar errötet sichtbar unter seiner Dienstmütze und nuschelt leise: „Das ist ewig her. Hier hat sich viel verändert. Ich bin nicht mehr derselbe … Wir sind nicht mehr dieselben." Eine kurze betretene Stille. Nervös nestelt er an den Knöpfen seiner Dienstjacke. „Ich weiß, dass wir nicht unbedingt … wie soll ich sagen … nett zu dir waren, aber …". Bevor er zu Ende reden kann, wird er von Weis barsch unterbrochen. „Ich bin nicht hier, um sentimentale

Erinnerungen auszutauschen. Ich bin hier, um einen Mord aufzuklären. Was wissen wir über das Opfer?" Christopher Eberleins Augen blitzen spöttisch auf. „Schau nochmal genau hin, Sherlock." Da war es wieder, das schreckliche Denglisch. Weis hebt die Hand vor die Augen, um sie vor der Sonne zu schützen und blickt der Leiche in ihr entstelltes Gesicht. Der grotesk verformte Mund dominiert das gesamte Gesichtsfeld. Aber bei genauerem Hinsehen erkennt er ihn: „Das kann doch nicht sein.", murmelt er, „ist das ... ist das Moritz Schulz?" Der Polizeioberkommissar nickt: "Genau der. Andererseits ist er mittlerweile besser bekannt als Dr. med. Moritz Schulz, Vorstand und Leiter der Klinik Rothenburg." „Hier kommt definitiv jede medizinische Hilfe zu spät.", grummelt Weis.

Moritz Schulz. Nachkomme des Mediziners Johann Augustin Philipp Gesner, eine der wenigen berühmten Persönlichkeiten, die

Rothenburg zu bieten hat. Sohn des ehemaligen Oberarztes Ferdinand Schulz. Ein arroganter, verwöhnter Vollidiot, mit dem Einfühlungsvermögen einer Mikrobe. Die Nemesis seiner Adoleszenz. Mit ´nem Pfahl im Arsch. Vielleicht gibt es doch einen Gott. Dann blickt er dem Polizeihauptkommissar direkt in die Augen. „Wie kommt es eigentlich, dass dich das hier scheinbar so kalt lässt? Du und Schulz, ihr wart doch immer ein Herz und eine Seele, soweit ich mich erinnern kann." In den Augen des Hauptkommissars blitzt es kurz feurig auf, dann wird sein Blick seltsam starr und kalt. „Hier haben sich viele Dinge verändert seit du weg bist. Aber wir sind ja hier, um einen Mord zu klären, nicht um in sentimentalen Erinnerungen zu schwelgen." Mit diesen Worten dreht er sich abrupt um und geht. Weis scheint einen Nerv getroffen zu haben. Gut zu wissen. Im Gehen bellt der dicke Polizeioberkommissar einem jungen Beamten den Befehl zu, Armin Weis bei seiner Untersuchung zu assistieren. Das Gespräch war beendet.

Armin Weis steht am Fenster seines Zimmers im Hotel „Altfränkische Weinstube“ und lässt den Blick über die Dächer der Rothenburger Innenstadt schweifen. Das Hotel ist entzückend, das muss selbst Weis zugeben, der für Kitsch und schöne Dinge eigentlich wenig Sinn besitzt. Heute war ein langer und anstrengender Tag gewesen. Die Nachricht, dass es einen Mord in Rothenburg gegeben haben soll, verbreitete sich wie ein Lauffeuer. Immer wieder mussten seine Kollegen Schaulustige und Touristen vom Tatort fernhalten, die frech versuchten einen Blick auf den Ort des abscheulichen Spektakels zu erhaschen. Als dann auch noch bekannt wurde, dass es sich bei dem Ermordeten um den stadtbekannten Arzt Dr. Moritz Schulz handelte, gab es kein Halten mehr. Die Katze war aus dem Sack.

Und die ganze Stadt sprach darüber. Weis lässt sich in das Himmelbett fallen. Ein Drink wäre jetzt fein. Nur ein kleiner. Die Minibar ist gut gefüllt, er entscheidet sich für den Anfang für ein kühles Blondes. Nimmt einen tiefen Schluck und lässt sich wieder auf dem Bett nieder. *Auf dich, Moritz … Du Wichser.*

Moritz Schulz war von allen der Schlimmste gewesen. Der Einäugige unter den Blinden, die sich wie läufige Hündinnen um ihn scharten und alles dafür taten, um Teil seiner illustren Runde zu werden. Waren die anderen brutal und hinterhältig, dann war Moritz Schulz der Brutalste und Hinterhältigste. Er kannte keine Skrupel und tat das, worauf er Lust hatte, denn er wusste, dass seinen Taten keine Konsequenzen folgten. Jede „Unannehmlichkeit" wurde sofort durch die großzügigen Spenden seines Vaters Dr. Ferdinand Schulz aus dem Weg geräumt. Als er mit acht Jahren aus Langeweile die Fenster in der Bibliothek mit einem Ziegelstein einschlug, stiftete sein Vater neben neuen Scheiben auch gleich eine Ladung neuer Bücher. Der vom 12-jährigen Moritz zur Belustigung gestohlene und zu Schrott gefahrene VW-Bus der Direktorin bescherte der Schule eine Generalsanierung des Turnsaals. Und als Moritz und seine Bande Weis' Katze aus - wie Dr. Ferdinand Schulz behauptete - „infantilem Interesse an der Anatomie" bei lebendigem Leib das Fell abzogen, bekam er einen Gutschein über 500 Mark für das ansässige Spielwarengeschäft. Nein, er konnte beim besten Willen kein ernst gemeintes Mitleid für Schulz empfinden. Aber selbst er hatte es nicht verdient, auf diese Art und Weise zu sterben. Der Gerichtsmediziner hatte dem Ermittlerteam kurz vor 19 Uhr den Befund per E-Mail übermittelt. Die Todesursache überraschte sie alle. Moritz Schulz erlag nicht seinen inneren Verletzungen, die durch den Pfahl verursacht wurden, sondern er ist verblutet. Offenbar wurden ihm einige Zeit, nachdem er auf den Pfahl gesteckt wurde, sein Penis und seine Hoden mit einem stumpfen Gegenstand abgetrennt. Sie wurden unweit des Tatortes sichergestellt. Der damit verbundene Blutverlust wurde dem Oberarzt schließlich zum Verhängnis. Es müssen grässliche Minuten gewesen sein, die Moritz Schulz noch erlebt hatte, bevor er sein Leben aushauchte. Als ob die Schmerzen einer rektalen Pfählung nicht schon furchtbar genug wären, müsste er auch noch erleiden, wie jemand mit einem sehr stumpfen Gegenstand sehr lange brauchte, um seine Geschlechtsteile sehr stümperhaft vom Rumpf abzutrennen. Ein wahrer Horror, nicht nur für einen Oberarzt. Auch wenn er wenig Sympathie für Schulz empfand, so war auch Weis ein Mann und bei dem Gedanken, wie sich Schulz wohl gefühlt haben müsste, krampft sein Körper instinktiv zusammen.

Kapitel 3

Ich träume. Es ist einer dieser Träume, die das Klingeln des Weckers wie eine Erlösung erscheinen lassen. Die Vorstandsfeier geht langsam dem Ende zu. Ich kann es kaum erwarten nach einer anstrengenden Woche endlich nach Hause zu kommen. Langsam schiebe ich mich durch eine Masse an gesichtslosen Menschen dem Ausgang zu und stehe in meinem Wohnzimmer. Jetzt noch eine kleine Line. Zum Runterkommen. Da liegt sie vor mir und changiert in allen Farben des Regenbogens. Ich bin entzückt. Beuge mich hinunter und ziehe das köstliche Pulver durch meine Nase nach oben. Himmlisch, einfach himmlisch, dieses Gefühl. Der Moment zieht sich in die Ewigkeit, meine Endorphine tanzen. Pures Glück. Irgendwann richte ich mich auf, will mein Gesicht im Spiegel betrachten, doch kann es nicht wahrnehmen. Hinter mir eine Bewegung. Was war das? Plötzlich Gänsehaut, die meinen Rücken runterkriecht. Da ist etwas. In der Dunkelheit. Es wartet. Es lauert. Ich schließe die Augen. Das ist nicht real. Bloß ein Traum. Vorsichtig blicke ich noch einmal aus halbgeöffneten Augen durch den Spiegel hinter mich. Mein Herz macht einen Satz. Eine dunkle Gestalt steht hinter mir. Sie hebt ihre Hand. Bevor ich mich umdrehen kann, drückt sie etwas in mein Gesicht. Ich röchle und schlage um mich. Doch jegliche Kraft scheint aus meinem Körper entwichen zu sein. Meine Füße tragen mich nicht mehr, ich sacke zusammen und verliere das Bewusstsein. Es ist nur ein Traum. Nur ein Traum.

Plötzliches Erwachen. Es ist noch dunkel. Meine Glieder fühlen sich schwer an, so verdammt schwer. Ich kann kaum meine Augen offenhalten. Sehe, dass ich keine Schuhe trage. Herrgott, was zum Teufel war da gestern in meinem Champagner? Und was war das für ein verstörender Traum? Er hatte sich so real angefühlt. Alles hat sich so real angefühlt ... Wie bin ich gestern Nacht ins Bett gekommen? Und warum ist mein Kopf so entsetzlich schwer? Plötzlich geht ein Kälteschock durch meinen ganzen Körper. Eiskaltes Wasser. Überall. Es steigt. Wie kann das sein? Wo zur Hölle bin ich? Panik steigt in mir auf. Ich bin hellwach. Und ich bin definitiv nicht in meiner Wohnung. Wo zum Henker bin ich? Konzentrier dich, konzentrier dich! Verschaffe dir einen Überblick. Unter mir dringt kaltes Wasser durch einen löchrigen Boden, der aus zwei übereinander gelegten Brettern besteht. Seitlich von mir ragen sechs Holzpfeiler in die Höhe, die von metallenen Querbalken zusammengehalten werden. Es ist noch tiefste Nacht, aber über meinem Kopf erkenne ich einen kleinen Aufbau aus Holz und Metallbalken, der von einer eisernen Kette gehalten wird. Was ist das bitte für eine seltsame Scheiße? Und wie bin ich hierhergekommen? Das ist nur ein Traum, das kann nur ein Traum sein. Meine frierenden Beine fühlen sich allerdings sehr real an. Verdammte Scheiße, ich muss hier raus. Sofort. Die Öffnungen zwischen den Metallbalken. Ich versuche mich hindurchzuschieben. Vergeblich. Da passe ich niemals durch. Das kalte Wasser schwappt weiter gegen meine zitternden Beine. Steh auf. Steh auf! Aber meine Beine versagen mir den Dienst. Ich versuche etwas zu erkennen, aber die Dunkelheit raubt mir die Sicht. „Hey! Hallo!!! Hört mich jemand?“, ich schreie aus voller Kehle. „Hilfe! Holt mich hier raus, verdammt noch einmal!“ Soll das eine Bestrafung sein? Ist das vielleicht die Rache von Maria wegen der Sache mit Sabrina letztes Jahr? Verdammte Fotze. Eine ruckartige Bewegung. Mein Gefängnis sackt ab und ich mit ihm. Ich atme einmal tief ein, bevor das Wasser über mir zusammenfällt. Luft, ich brauche Luft, sonst ist es vorbei. Mit aller Kraft stemme ich mich gegen die Holzpfeiler und versuche sie auseinanderzudrücken. Vergebens. Mein Herz rast wie verrückt. „Ich muss Luft holen“ ist mein einziger Gedanke. Der Sauerstoff in meinen Lungenflügeln schwindet. Ich werde panisch. Denke an einen Bericht, den ich gelesen habe über das Ertrinken. Stimmritzenkrampf. Der hält angeblich an, auch wenn man schon wieder an der Oberfläche ist. Ist es sowieso schon um mich geschehen? Nein, ich gebe jetzt nicht auf. Es besteht noch Hoffnung. Adrenalin. Ich befinde mich im Überlebensmodus. Rüttle an der Verkleidung. Reiße an den Metallbeschlägen. Versuche mit den Füßen gegen den hölzernen Boden zu treten. Ein letzter Versuch meinen Kopf durch die kleine Öffnung am oberen Ende des Konstrukts zu stecken und an die rettende Oberfläche zu gelangen. Mein Körper bäumt sich unter dem fortschreitenden Sauerstoffmangel auf. Ich beginne verzweifelt nach Luft zu schnappen, mein Körper versucht reflexartig einzuatmen. Wasser in meiner Lunge. Möchte Husten. Es kommt noch mehr Wasser. Ich muss mich bewegen, aber mir fehlt allmählich die Kraft. Jede Bewegung wird unendlich langsam und zäh. Irgendwann wird es ruhiger. Alles um mich herum verschwimmt. Mein Körper wird schwerelos. Ich fliege. Man oh man, was für ein abgefahrener Traum.

Am Ufer steht eine Gestalt, gut versteckt in der nächtlichen Dunkelheit und beobachtet emotionslos den Todeskampf des stadtbekannten Anwalts. Alles verläuft genau nach Plan. Der nächtliche Besuch. Das Beruhigungsmittel. Der Transport des Gefangenen zur Festtagswiese an der Tauber. Seine letzte Reise. Selbst das Abladen des ohnmächtigen Mannes in den zu Schauzwecken ausgestellten Schandkorb aus dem Rothenburger Kriminalmuseum klappt wie am Schnürchen. Das Städtchen liegt im süßen

Schlaf. Nur er steht hier und wartet. Irgendwann kommt sein Opfer wieder zur Besinnung. Er beobachtet die aussichtslosen Ausbruchsversuche und hört die jämmerlichen Hilfeschreie. Es berührt ihn kein bisschen. Er zieht ein letztes Mal an seiner Zigarette und schnippt sie ins Gebüsch. Zeit für seinen finalen Coup. Ein gezielter Tritt und der schwere Stein, der den Käfig über Wasser hält, rollt aus seiner Vorrichtung. Der Schandkorb schlägt laut auf der Wasseroberfläche auf und geht sofort unter. Das Gerüst knarrt bedrohlich unter dem Gewicht der Last, aber es hält. Er lobt still die Baufertigkeit der unbekannten Konstrukteure, das Replikat sieht zum Verwechseln echt aus. Fast würde man denken können, es wäre original aus dem Mittelalter. Wasserblasen steigen an die Oberfläche. Nachdem er die Kette von dem schweren Stein gelöst hat und der Käfig mitsamt seinem Gefangenen in das dunkle Wasser der Tauber gefallen ist, wartet er noch fünf Minuten. Nur um sicherzugehen.

Kapitel 4

Es ist noch dunkel, als das unangenehm schrillende Geräusch seines Diensthandys Armin Weis aus dem Schlaf reißt. Verwirrt schreckt er aus dem Bett hoch, in dem er am Abend zuvor eingenickt war. Am anderen Ende der Leitung ist Christopher Eberlein. Heute Nacht hat es einen weiteren Mord gegeben. Er solle sofort zum Tatort kommen. Schlaftrunken richtet sich Weis auf und greift nach seiner Hose, die er am Vorabend achtlos in die Ecke geworfen hat. Die gestrigen sechs Bier auf nüchternen Magen waren vom jetzigen Standpunkt aus betrachtet keine besonders kluge Idee gewesen. Sein Magen rumort, sein Kopf schmerzt, sein Atem stinkt. Es ist immer noch dunkel als Weis durch die schlafende Innenstadt Richtung Tauber wankt. Sein Weg führt ihn vorbei am Kobozeller Turm und der Kobozeller Kirche. Von dort aus folgt er dem Taubertalweg bis er an ein unbebautes, direkt an der Tauber gelegenes Wiesenstück kommt. Schon von weitem kann er die blau blinkenden Lichter der Polizeiautos sehen, die direkt auf der Wiese geparkt haben und eine provisorische Absperrung bilden. Das Absperrband flattert unruhig in der kühlen Nachtluft. Weis hebt es hoch und setzt seinen Weg über die Wiese zum Fluss fort. Auf halbem Weg kommt ihm Christopher Eberlein entgegen. Auch er sieht noch etwas mitgenommen von dem abrupten Ende seiner Nachtruhe aus; die kleinen Schweinsaugen scheinen noch tiefer in das fleischige Gesicht gesunken zu sein. „Ganz schön was los hier in Rothenburg, nicht wahr? Hoffe du hast deine Gummistiefel eingepackt. Werner wird dir alles weitere erzählen“ Mit diesen Worten schiebt er sich an Weis vorbei, steuert auf seinen Wagen zu und fährt fort. Weis beschleicht das seltsame Gefühl, dass Schulz ihm absichtlich aus dem Weg geht. Aber warum? Er hat keine Zeit den Gedanken weiterzuverfolgen, denn er wird gleich von Werner in Empfang genommen. Der etwa 30-jährige Beamte hat freundliche braune Augen und flachsblondes Haar, das wild in alle Richtungen absteht. Das Hemd hängt an einer Seite heraus, die Uniform ist falsch zugeknöpft. Er kämpft sich gerade in seinen weißen Schutzanzug. Er ist Weis auf Anhieb sympathisch. Der junge Mann stellt sich als Werner Jüttner, Polizeimeister-Anwärter vor. Weis findet es ein bisschen seltsam, dass er angesichts eines weiteren Mordfalls mit einem dienstniedrigen Beamten abgespeist wird, auch wenn dieser einen sehr guten Eindruck macht. Eigentlich würde die Sicherung des Tatortes und die Kommunikation mit den Kollegen der Mordkommission in Eberleins Zuständigkeitsbereich fallen. Doch dieser scheint sich um das Protokoll recht wenig zu kümmern. Kurz verspürt Weis den alten Zorn aus

Kindertagen in sich aufsteigen. Selbst heute noch wird er wie ein Mensch zweiter Klasse behandelt. Heute sitzt er am längeren Hebel. Er würde diese Dienstverfehlung definitiv nicht unkommentiert lassen. „Was sagt man denn zu dieser Uhrzeit: Guten Morgen? Gute Nacht? Wie auch immer, schön, dass Sie es so schnell hergeschafft haben, Kommissar Weis!" Die freundliche Stimme des jungen Beamten reißt Weis aus seinen düsteren Gedanken. „Die Kollegen haben das Gelände bereits weiträumig abgesperrt. Vom Täter keine Spur. Sie haben freie Hand bei der Sicherung des Tatortes. Geben Sie Bescheid, falls Sie mehr Licht benötigen. Ich bin drüben und werde `mal die Daten aufnehmen. Viel Erfolg, Kommissar!" Mit diesen Worten dreht er sich um und geht den markierten Pfad zurück zu den Polizeiautos, die am Straßenrand stehen. Weis atmet noch einmal tief durch und packt aus seinem Tatortkoffer ebenfalls einen weißen Sicherheitsanzug inklusive Fußschutz aus und quält sich hinein. Dann kontrolliert er noch einmal dessen Lage, streift den Mundschutz über, korrigiert den Sitz seiner Handschuhe und schnappt sich seinen Koffer. Es kann losgehen.

Obwohl Weis im Laufe seiner Karriere bereits unzählige Tatorte gesichert hatte, nimmt die Aufregung nie ab. Er spürt wie das Adrenalin in ihm aufsteigt, sein Magen beginnt zu kribbeln und seine Handflächen werden feucht. Alles scheint sich zu verlangsamen, als ob jemand einen Film in Zeitlupe abspielen würde. Er braucht diesen Kick, er hilft ihm dabei sich voll auf seine Arbeit zu konzentrieren. Wenn er am Tatort ist, war er nicht der verlassene Geliebte mit Alkoholproblem oder das gemobbte Kind, sondern einfach nur Kommissar Weis, einer der besten Kriminalbeamten Süddeutschlands.
Die Nacht scheint gerade ihren Höhepunkt erreicht zu haben. Außerhalb der Lichtke-

gel, die von den riesigen Scheinwerfern stammen, welche von den Polizisten außerhalb der Absperrung platziert wurden, herrscht absolute Finsternis. Weis´ Augen müssen sich erst an das künstliche, grelle Licht gewöhnen. Die Wagenspuren, die bereits zum Teil von den Beamten gesichert wurden, gehen auch innerhalb der Absperrung weiter. Weis zückt seine Kamera und fotografiert die Spuren. Auf den ersten Blick würde er die Spuren einem Geländewagen mit breiterem Reifenprofil als gewöhnlich zuordnen. Er wird sich das später genauer auf seinem Laptop ansehen. Die Reifenspuren führen weiter durch die scheinbar erst vor kurzem gemähte Wiese hin zu einer Betonkonstruktion, die in den Fluss hineingebaut wurde. Der Sinn dieser Konstruktion erschließt sich Weis zunächst nicht ganz. Der Wagen wurde direkt vor ein paar niedrigen Büschen geparkt, welche die Plattform von der Wiese trennen. Nachdem Weis die Spuren vermessen, fotografiert und markiert hat, geht er vorsichtig weiter. Ein paar Meter vor ihm, direkt auf der Betonplattform ragt schließlich gespensterhaft der Ort des Verbrechens vor ihm auf. An einem etwa 3,5 Meter langen Holzbalken befestigt schwebt ein hölzerner Käfig über dem dunklen Wasser der nächtlichen Tauber. Und in dem Käfig sitzt, zusammengesunken und klitschnass, ein Mann in schwarzen Hosen und weißem Hemd. Die Tauber plätschert leise dahin, ein leichter Nachtwind ist aufgekommen und wiegt den Käfig in seiner sanften Umarmung, der bei jeder kleinsten Bewegung ein knarzendes Geräusch von sich gibt. *Pling* … *Pling* … *Pling* … Melodisch tröpfeln Wassertropfen von der Kleidung der Leiche auf die Oberfläche des dunklen Flusses. Es wirkt beinahe friedlich … Weis setzt vorsichtig seinen Weg zum Ort des Verbrechens fort. Bloß keine wertvollen Spuren zerstören. Da! Direkt vor ihm! Heureka! Vor ihm ein Fußabdruck in einer halb ausgetrockneten, schlammigen Pfütze im unregelmäßigen Beton. Der Jackpot eines jeden Kriminalbeamten. Schnell packt er die nötigen Utensilien aus seinem Tatortkoffer, um die Daten aufzunehmen. Es scheint sich nach ersten Einschätzungen um einen Männerschuh zu handeln, der Größe des Abdrucks nach zu urteilen mindestens Schuhgröße 46. Anschließend fotografiert er den Abdruck von verschiedenen Seiten und markiert den genauen Fundort auf einer virtuellen Map auf seinem iPad. Erst jetzt bemerkt Weis die Schleifspuren, die von der Wiese bis hierher auf der rechten Seite verlaufen. Die müssen vom Opfer gewesen sein. War es betäubt und anschließend hierhergeschleppt worden? Weis wirft einen schnellen Blick in den Käfig. Er schätzt das Opfer auf gute 1,80 Meter, schlanke Statur. Trotzdem, das Gewicht eines bewusstlosen Menschen wiegt gefühlt das Doppelte ... Der Täter muss eine stattliche Erscheinung sein ... Oder war er nicht allein? Erst jetzt fällt Weis auf, wovor er eigentlich steht. „Ist das ein … Schandkorb?“, murmelt er, während er das Konstrukt vorsichtig umkreist. Kein Zweifel, bei diesem Objekt handelt es sich wahrhaftig um einen mittelalterlichen Schandkorb. Diese Vorrichtung wurde im damaligen Strafgesetz dazu benutzt, um unehrenhaften Bürgern eine Lektion zu erteilen. Besonders Bäcker, die zu wenig Mehl für ihre Backkünste verwendeten, wurden zur Abschreckung in solche Vorrichtungen gesteckt. Der zu Bestrafende wurde in einen hölzernen Käfig verfrachtet und mittels einer hebelartigen Vorrichtung ein paar Mal ins Wasser getaucht. Auch wenn das Ziel nicht der Tod des Delinquenten war, so kam es ab und zu dennoch zu Todesfällen in Folge der Bestrafung. Aber wie zum Teufel kam dieses Konstrukt hierher? Ein Schandkorb gehört jetzt nicht unbedingt zu der Standardausrüstung eines Mörders. „Moment einmal … Welchen Tag haben wir heute?“, fragt sich Weis und zückt sein Telefon. Ende August. *Natürlich. Da war ja was.* Seit 1974 finden in Rothenburg jährlich die Reichsstadt-Festtage statt. Weis erinnert sich dunkel daran. Ein Haufen Mittelalterfreaks, die ein Wochenende lang ihren kitschigen Vorstellungen des dunklen Mittelalters frönen. Verkleidete Narren an jeder Ecke, die in pseudomittelalterlicher Verkleidung singend, saufend und musizierend durch die Straßen ziehen und sich der romantischen Illusion von einer ganz und gar unromantischen Epoche hingeben. Für dieses, besonders bei Touristen beliebten Spektakels, ziehen historische Gruppen aus verschiedenen Epochen der Rothenburger Geschichte durch die Stadt und verbreiten rustikale Festivalfreuden. Es gibt Ritterspiele, Schauprozesse, Feuerwerksvorführungen und jede Menge Bier und Met. Ein echtes Erlebnis für Jung und Alt. Nein, das war nie Weis´ Ding gewesen. Nur wer sich noch nie genauer mit dem Mittelalter beschäftigt hatte, konnte es so grässlich romantisieren, wie die naiven Besucher, die jedes Jahr nach Rothenburg pilgerten, um sich an dem herrlichen Event zu berauschen. Die hätten es im echten mittelalterlichen Rothenburg keine drei Sekunden ausgehalten, allein der Gestank hätte sie betäubt. Weis konnte über solche Veranstaltungen nur den Kopf schütteln. Aber gegen seichtes Vergnügen schien er sowieso bereits sein ganzes Leben lang immun zu sein. Spaßresistent, wie Miriam immer zu sagen pflegte. Ein echter Franke eben. Beim erneuten Hinsehen fällt Weis ein, warum ihm der Schandkorb so bekannt vorkommt. Normalerweise steht er vor dem Rothenburger Kriminalmuseum, um Besucher anzulocken. Zu den Reichsfesttagen wird das Mordstrumm manchmal an taktisch günstige Stellen in der Stadt verfrachtet, um Schauprozesse abzuhalten. Aber wie zum Teufel kam er hierher? Er machte sich eine mentale Notiz, die Richtigkeit seiner These heute Morgen zu überprüfen, indem er dem Kriminalmuseum einen Besuch abstatten würde. Jetzt gerade hat er sich um eine Leiche zu kümmern. Als er sich dem Opfer im Käfig nähern will fällt ihm auf, dass das untere Ende des Schandkorbes nicht, wie normalerweise üblich, durch Ketten im Boden verankert ist. Um das Gewicht des Korbes am vorderen Ende zu halten wird das hintere Ende eigentlich durch einen schweren Stein sowie zwei zusätzlichen Eisenketten, die im Boden verankert werden, stabilisiert. Der Stein befand sich an der richtigen Stelle, aber die Eisenketten fehlten. Schnell bückt er sich und führt eine daktyloskopische Untersuchung des Steines durch, die jedoch keine Ergebnisse bringt. Viel wahrscheinlicher war es, dass der Stein mit einem gezielten Fußtritt entfernt wurde und anschließend mit Handschuhen wieder an seinen Ursprungsort gebracht wurde. Aber warum hat der Mörder sich die Mühe gemacht, den Käfig wieder aus dem Wasser zu ziehen, indem er den schweren Stein zurück in die Verankerung brachte? Und mittels welchen Gewichts zog er den Käfig samt Leiche wieder aus dem Wasser?

Roten Burg

Kapitel 5

Weis bückt sich, um die Wiese unter dem oberen Ende des Holzbalkens zu untersuchen. Doch so intensiv er auch schaut, er findet keine Vorrichtungen, die den Eisenketten als Verankerung gedient haben könnten. Wer auch immer diesen Käfig hier platziert hat, hat grob fahrlässig gehandelt, da er das Konstrukt nicht ausreichend gegen unbefugtes Benutzen abgesichert hatte. Nicht vorzustellen was passiert wäre, wenn ein paar Kinder hier spaßeshalber herumgeturnt wären. Weis dreht noch einmal eine Runde um den Korb, als ihm etwas auffällt. Auf der linken Seite der Betonkonstruktion, auf der er sich befindet, stehen mehrere niedrige Bäumchen und Büsche. Ein paar von ihnen scheinen jedoch seltsam abgeknickt zu sein. War der Täter auf diesem Weg entkommen? Möglicherweise hat er sich im Schutze der Nacht einen Weg durch das Gebüsch Richtung Doppelbrücke gebahnt, um vor eventuell vorbeifahrenden Autos geschützt zu sein? Weis nähert sich dem niedergetretenen Gebüsch und sieht im Strahl seiner Taschenlampe etwas am Boden liegen. Ein Zigarettenstummel! Heute ist sein Glückstag. Schnell nimmt er die Pinzette aus seinem Koffer und hebt den Stummel vorsichtig auf und hält ihn unter das Licht seiner Taschenlampe. Die grüne Beschriftung knapp unterhalb des Filters verrät ihm, dass es sich um eine Zigarette der Marke Marlboro handelt. Eine Menthol-Zigarette! *Pfui, wer raucht denn heutzutage noch Menthol-Zigaretten, sind die Dinger nicht schon längst aus gesundheitlichen Gründen verboten?* Behutsam tütet er das wertvolle Corpus Delicti ein und verstaut es sicher im Ablagefach seines Tatortkoffers. Als Weis sich endlich der Leiche zuwenden kann, dämmert es bereits. Über die Bäume legt sich das sanfte Licht des anbrechenden Tages. Die Leiche baumelt immer noch in gut zwei Metern Höhe über dem angestauten Fluss. Das Abnehmen des Käfigs würde er den Kollegen überlassen. Weis stellt sich vor den Schandkorb und beginnt Fotos von verschiedenen Perspektiven aus zu machen. Bis auf die Tatsache, dass er komplett durchnässt ist, sieht man dem Mann nicht an, dass er den Tod im Wasser gefunden hat. Er ist weder aufgequollen, noch hat er eine weißliche Hautfarbe, ein Indiz darauf, dass er erstens erst vor Kurzem verstorben war und zweitens, dass er nicht lange im Wasser verblieben ist. Für Weis macht es immer noch keinen Sinn, warum die Leiche nach dem Mord wieder aus dem Wasser gezogen wurde. Das war eine beschwerliche Arbeit, die außerdem das Risiko erhöhte, erwischt zu werden. Nachdem er genügend Fotos geschossen hat, legt er die Kamera weg und umkreist noch einmal den Toten. Er hat eine schwarze Anzugshose und ein weißes Hemd an. Sein schlaffer Körper liegt an die Stäbe des Käfigs gelehnt, der Kopf schaut aus einer der Öffnungen hinaus, die Hände sind seitlich hinausgestreckt. Der arme Teufel hatte anscheinend versucht sich mit letzter Kraft durch die Öffnung zu zwängen, doch die war viel zu klein, um durchzupassen. Erst als er direkt unter der Leiche steht, bemerkt Weis, dass etwas um ihren Hals baumelt. Er tritt näher und kneift die Augen zusammen, um besser sehen zu können. Verdammte Kurzsichtigkeit. Um den Hals des Mannes baumelt ein weißes Stück Papier. In das Papier wurden zwei Löcher gestanzt, durch die eine Juteschnur gefädelt wurde. Und auf dem Papier steht in schwarzer Druckschrift geschrieben: *Contra facta non valent argumenta.* Aha. Also noch eine lateinische Botschaft. Gleich, wie bei dem letzten Opfer. Weis seufzt. Allem Anschein nach hat er es also mit einem Serientäter zu tun. Er würde also länger in Rothenburg bleiben müssen, als ihm lieb ist. *Herrgott, von allen verschissenen Orten in*

Deutschland, warum musste der Täter sich genau Rothenburg aussuchen? Weis verwünscht ihn deswegen innerlich aufs Übelste. Aber zurück zur ominösen Botschaft, die auf diesem stümperhaft gestalteten Blatt Papier geradezu lächerlich wirkt. *Contra facta non valent argumenta.* Der Lateinunterricht war schon lange her. Gut, dass der moderne Kommissar von heute immer einen verlässlichen Verbündeten an seiner Seite hat. Kommissar Google, bitte übernehmen Sie! Weis zückt sein iPad und tippt den Spruch in die Suchleiste ein. Eine halbe Sekunde später das Ergebnis: Gegen Fakten helfen keine Argumente. Wieder ein Begriff aus dem römischen Recht. *Bingo! Wir haben ein Muster.* Weis leuchtet der Leiche noch einmal direkt ins Gesicht. Er schätzt den Mann auf Anfang bis Mitte 40. Er hat ein fein geschnittenes Gesicht, mit kantigen Konturen, breiten Augenbrauen und einer kleinen geraden Nase. Seine vollen Lippen sind weich geschwungen. Das dichte Haar hängt ihm in nassen Strähnen ins Gesicht. Er muss ein äußerst attraktiver Mann gewesen sein. „Der Besitzer des Hofs da vorne rechts hat ihn gefunden." Weis schreckt aus seiner Betrachtung auf. Werner steht hinter ihm. Die plötzliche Anwesenheit des jungen Polizeibeamten irritiert Weis. Was will er hier und warum schleicht er sich an ihn heran, wenn er gerade mitten dabei war, den Tatort zu inspizieren? Die Sympathie, welche Weis zuvor noch für den Polizisten empfunden hatte, war verflogen. Dieser scheint Weis´ Irritation gar nicht zu bemerken. Er fährt wie selbstverständlich mit seiner Erzählung fort. „Der Alte hat sich eingebildet Stimmen gehört zu haben und hatte Angst, dass sich Jugendliche am Käfig zu schaffen machen. Als selbsternannter Blockwart und Hüter für Recht und Ordnung musste er natürlich gleich nach dem Rechten sehen, aber seine 150 Kilo sind ihm leider immer wieder im Weg, also dauerte die Strecke von seinem Hof bis hierher doppelt so lange wie für einen ähhh", er ringt um die passenden Worten: „Menschen mit Gewicht im Normbereich. Als er hier ankam, sah er die Leiche noch gar nicht. Stattdessen rief und schrie er herum, um den angeblich in den Büschen versteckten Jugendlichen Mores zu lehren. Als er sich umdreht, zufrieden damit die unerzogenen Gören ins Bockshorn gejagt zu haben, wollte er seinen Weg nach Hause beginnen, als er mit seiner Taschenlampe zufällig den Käfig streifte und den Schock seines Lebens bekam. Er lief im Schweinsgalopp nach Hause, erzählte seiner Frau die Geschichte und klappte noch an Ort und Stelle zusammen. Die rief daraufhin zuerst den Notarzt und dann die Polizei. Jetzt wird er im Krankenhaus behandelt, ist aber noch nicht ansprechbar. Ich hoffe, dass wir heute Nacht nicht zwei Tote zu beklagen haben." Weis hatte dem letzten Teil seiner Erzählung gar nicht mehr zugehört. „Er behauptete, nach dem Bericht seiner Frau, dass sich Jugendliche im Busch versteckt hätten?" „Ja, angeblich wären die bereits seit einigen Tagen hier herumgeschlichen. Einmal rief er sogar bei der Polizei an, um, wie er es ausdrückte, auffällige Aktivitäten zu melden. Aber bei uns ist er schon bekannt. Bei den letzten zwei Malen waren die Übeltäter ein Wiesel und ein Reh. Eigentlich haben wir den Anruf auch dieses Mal als so einen Vorfall abgetan, aber vorsichtshalber einen Kollegen hingeschickt. Und der fand dann die Leiche im Schandkorb. Da hat der alte Schneider echt einmal mit seinen Vermutungen recht behalten." Weis ist ungeduldig und genervt. Er will wieder ungestört sein, doch Werner macht keine Anstalten wieder zu verschwinden. „Hast du was rausgefunden?", fragt er. „Paar Dinge. Zum Beispiel, dass man einen ranghöheren Beamten nicht mit Du anredet. Wären allerdings mehr, wenn ich ungestört weiterarbeiten könnte." Werner ignoriert seine bissige Bemerkung. „Was haben Sie denn gefunden, Kommissar?“ Er scheint das Wort Kommissar auf eine geradezu lächerliche Art und Weise zu betonen. Weis findet das Verhalten des rangniedrigen Beamten auf einmal beinahe respektlos. „´Nen Fußabdruck, ´ne Kippe, ´ne Leiche mit ´nem Schild um den Hals, aber keine Erleuchtung. Wenn Sie mich nun entschuldigen würden, würde ich gerne weitermachen, wo ich aufgehört habe.“ Da raschelt es hinter ihnen und ein weiterer Beamte betritt den Tatort, ohne Sicherheitskleidung, ein No-Go bei der Spurensicherung. Ist hier irgendwo ein Nest von inkompetenten Idioten? Weis ist nun sichtlich verärgert. Bevor er was sagen kann, ruft ihm der zweite Beamte etwas zu: „Kommissar Weis?! Der Hauptkommissar will Sie sprechen. Scheint dringend zu sein.“ Was soll das jetzt? Weis erwidert merklich geladen: „Nun, wenn es so wichtig ist, dann bin ich jederzeit auf meinem Diensthandy, das ich stets bei mir trage, erreichbar. Und jetzt entschuldigen Sie mich, ich habe `nen Tatort zu untersuchen und es wäre sehr freundlich, wenn Sie diesen nicht weiter verfälschen würden, indem Sie ohne Schutzanzug hier aufkreuzen und mich bei der Arbeit behindern." Er wirft Werner einen giftigen Blick zu. „Das gilt auch für Sie." Der dreiste Beamte gibt nicht auf. „Tut mir leid, Herr Kommissar, aber Befehl ist Befehl. Er will Sie unverzüglich sprechen." *Herrgott noch einmal, was soll der Scheiß?* War Eberlein nicht gerade erst an ihm vorbeigetrampelt, ins Auto gestiegen und heimgedüst? Was war auf einmal so wichtig, dass er jetzt wieder hier aufkreuzt? Aber wenn er die Weisung eines Vorgesetzten - und das war der fette Eberlein rein arbeitsrechtlich gesehen leider – verweigert, würde das beinahe einer Beamtenbeleidigung gleichkommen. Scheiß Bürokratie. Sichtlich genervt legt er seine Sachen und das Beweisstück in die Tatorttasche und stampft in Richtung der großen Wiese zurück. Er folgt dem markierten Pfad zu den Polizeiautos, wo er sich nach Eberlein umsieht, der ja definitiv nicht leicht zu übersehen ist. Doch weit und breit ist nichts von dem schweinchenhaften Kommissar zu sehen. Er fragt einen der Beamten, der gerade in seinem Wagen an einem Bericht schreibt, ob dieser wüsste, wo Eberlein sei. Dieser kann ihm keine Antwort geben, angeblich wäre er schon seit zwei Stunden in seinem Büro, um wichtige Telefonate bezüglich des aktuellen Mordes zu führen. Genaueres wüsste er auch nicht. Es ist mittlerweile 6 Uhr morgens. Weis leidet unter chronischem Schlafmangel und einem heftigen Kater vom Vortag. Er hat keine Zeit für diesen inkompetenten Haufen von Schwachköpfen. Gereizt und entnervt geht er zurück zum Tatort. Obwohl er nur kurze Zeit weg war, haben die Beamten bereits begonnen den Mechanismus des Schandkorbes nach unten zu senken und sind gerade dabei die Leiche aus ihrem finalen Gefängnis zu befreien. Weis schäumt vor Wut. Was glauben die eigentlich, was sie hier tun.

„Entschuldigen Sie bitte, aber habe ich Ihnen in irgendeiner Form zu verstehen gegeben, dass meine Arbeit hier getan ist? Sie verfälschen mir hier wertvolle Hinweise und behindern mich in meiner Arbeit!" Dann erblickt er den Polizisten, der ihn zu Eberlein geschickt hatte, wie er gerade dabei ist, an dem Öffnungsmechanismus des Käfigs, der mittlerweile auf dem Ufer abgestellt wurde, zu hantieren. Immerhin hat er sich Handschuhe übergestreift. Werner versucht ihn zu beruhigen: „Tut mir leid, Kommissar, ist ein Befehl von oben. Sie wollen so schnell wie möglich die Leiche untersuchen und deren Identität feststellen." Er scheint kurz betreten zu schweigen. „Der Gerichtsmediziner ist ab morgen in Urlaub und möchte das heute noch schnell erledigt haben." Weis traut seinen Ohren nicht. Das ist keine Untersuchung, das ist ein Affentheater. Er fühlt sich wie Asterix auf der Suche nach dem Passierschein A38. Weis weiß, wann es Zeit ist zu gehen. Er nimmt seinen Koffer und verlässt den Tatort.

Im Hotel angekommen, fühlt er eine bleierne Müdigkeit in sich aufsteigen. Meistens übermannt ihn der Schlaf am Vormittag. Weis schafft es gerade noch zum ungemachten Bett, bevor er in einen tiefen, traumlosen Schlaf sinkt.

Roten Burg

Kapitel 6

Ein schrilles Klingeln weckt Weis nur eine knappe Stunde später aus dem dringend benötigten Schlaf. Es ist Oberkommissar Harms aus München. Weis ist plötzlich wieder hellwach. „Guten Tag, Kommissar. Wie ich von den Rothenburger Kollegen vernommen habe, hat es heute Nacht einen weiteren Mordfall gegeben. Das heißt, wir werden hier nicht so bald mit Ihrer Rückkehr rechnen dürfen. Wir haben beschlossen, Sie vorerst in Rothenburg zu lassen, damit Sie sich ganz auf Ihre Arbeit konzentrieren können. Ich habe den Fall Baumer dem Kollegen Mayer übertragen." Weis` Laune sinkt mit jedem Satz seines Vorgesetzten auf einen neuen Tiefpunkt. Der Gedanke, noch länger in diesem Kaff zu bleiben und gemeinsam mit seinen „Dumm und Dümmer"-Kollegen diese

Morde zu untersuchen, behagt ihm noch weniger, als die Vorstellung barfuß den Mount Everest besteigen zu müssen. Er gibt sich betont diplomatisch. „Vielen Dank, Herr Oberkommissar für Ihr Vertrauen in mein Können ... aber wäre es nicht möglich, dass Mayer für mich hier an dem Fall weiterarbeitet und ich wieder den Fall Baumer übernehme? Wissen Sie, ich habe da schon einige Indizien, die darauf hinweisen, dass ...“ Harms lässt ihn nicht einmal ausreden. „Nein, nein, Kommissar, Sie werden dort gebraucht, außerdem kennen Sie die Stadt und den - nun wie soll ich sagen - speziellen Charme, den deren Bewohner charakterisiert. Damit Sie jedoch nicht völlig allein auf weiter Flur sind, haben wir beschlossen Ihnen zur Unterstützung jemanden vorbeizuschicken. Im Laufe des Tages wird die Fallanalytikerin Karin Wolski zu Ihnen stoßen, um Sie bei Ihren Ermittlungen zu unterstützen.“ Es folgt eine kurze Pause. „Hören Sie, Weis. Wenn wir es tatsächlich mit einem Serientäter zu tun haben, brauchen Sie so viel Hilfe wie Sie nur kriegen können. Verstehen Sie mich nicht falsch … Die Rothenburger Kollegen sind gut, aber keiner von ihnen ist im Umgang mit Ermittlungsarbeiten zu Serienmördern geschult. Erwarten Sie nicht allzu viel konstruktive Unterstützung. Sie wissen ja, das Stadt-Land-Gefälle und so weiter. Gutes Gelingen, Kommissar und halten Sie mich auf dem Laufenden!" Bevor Weis protestieren kann, ist der Anruf bereits beendet. Verdammter Mist. Eine neue Kollegin. Und noch dazu diese Karin Wolski. Hat damals ihre Ausbildung beim FBI absolviert. Nennt sich jetzt Profilerin und kommt sich furchtbar wichtig vor, seit sie das Profil eines gesuchten polnischen Serienkillers erstellt hat, aufgrund dessen Angabe er schlussendlich gestellt wurde. Seitdem hat sie drei Bücher rausgebracht und tingelt von einer Talk-Show zur anderen. Dass sie überhaupt noch arbeitet, überraschte Weis. Bei dem medialen Trubel, der um sie veranstaltet wird, erstaunt es ihn, dass sie überhaupt noch Zeit dazu hat. Das Letzte worauf Weis Lust hat, ist dieser Fall hier in Rothenburg. Das Allerletzte was er will, ist ihn gemeinsam mit der Paris Hilton unter den Profilern erarbeiten zu müssen. Er ist ein Einzelgänger, ein Steppenwolf. Und jetzt sowas. *Konnte dieser Auftrag noch schlimmer werden?*

Gegen 9 Uhr Vormittag hat Weis sich mit einer kalten Dusche und drei Tassen schwarzen Kaffees wieder soweit akklimatisiert, dass er sich den Herausforderungen des Tages gewachsen fühlt. Es ist ein wunderschöner Spätsommertag und die Sonne strahlt angenehm warm vom Himmel, als Weis seinen Weg ins Rothenburger Kriminalmuseum antritt. Weit hat er es nicht, sein Hotel liegt nur wenige Minuten von ihm entfernt. Er überlegt, ob er sich bei der Bäckerei Striffler zur Stärkung Schneeballen, ein süßes Rothenburger Traditionsgebäck, holen soll, entscheidet sich dann aber dagegen. Der Kater erlaubt noch keine Fütterung. Sein Weg führt ihn vorbei an der Kirche des heiligen Johannis, deren Dachfenster ihn immer schon an fiese Katzenaugen, die ihn mit hinterhältigen Blicken verfolgten, erinnert haben. Er biegt links ab und befindet sich vor dem Eingang des Kriminalmuseums. Der kleine Wiesenstreifen mit der Löwenstatue ist auffällig leer. Hier steht normalerweise der Schandkorb und stimmt die ankommenden Besucher auf das vor ihnen liegende Erlebnis ein. Das Kriminalmuseum war immer schon ein Ort der Zuflucht für Weis gewesen. Er hatte als Kind und Jugendlicher ganze Sommer dort verbracht und die Exponate regelrecht studiert. Seine Faszination für das Morbide, Finstere und Böse hatte sicherlich dort seinen Ursprung. Im Museum befinden sich an die 50.000 Exponate aus über 1000 Jahren europäischer Justizgeschichte, der Fokus liegt jedoch eindeutig auf der Epoche des Mittelalters. Gerade als Weis beginnt, sich in Erinnerungen an die vielen aufregenden Stunden zu verlieren, die er früher hier verbracht hat, öffnet sich der Eingang zum Museum und ein sichtlich gestresster Mann tritt hinaus ins Freie. Als er Weis erblickt, bemüht er sich um einen Ausdruck professioneller Gelassenheit und geht zielstrebig auf ihn zu. „Guten Tag, der Herr, es tut mir sehr leid, aber das Museum muss heute leider aus persönlichen Gründen geschlossen bleiben. Wenn Sie länger hier sind, zögern Sie nicht uns im Laufe der kommenden Woche gratis besuchen zu kommen. Ich bedauere die Unannehmlichkeit und wünsche Ihnen noch einen schönen Aufenthalt in Rothenburg.“ Mit einem künstlich wirkenden Lächeln nickt er Weis zu und möchte an diesem vorbeigehen. Für ihn ist das Gespräch beendet, Sorgenfalten machen sich wieder auf seinem blassen Gesicht breit. Weis schätzt den schwarzhaarigen Mann mit gräulichem Dreitagebart auf etwa Ende 40. „Tut mir sehr leid Sie aufzuhalten.", beginnt er „Sie wirken als hätten Sie es sehr eilig. Seien Sie doch bitte so freundlich und sagen Sie mir, wo ich den Museumsdirektor Dr. Wolfang Hirsch finden kann. Ich muss ihm ein paar Fragen stellen." Die blasse Gesichtsfarbe des Mannes wird noch blasser, als Weis den Namen Hirsch erwähnt. Er zupft an seinem Hemd und bemüht sich um eine gerade Haltung. „Nun, das wäre dann wohl ich. Aber es tut mir sehr leid, ich muss jetzt leider wirklich los … meine Mutter wurde als Notfall ins Krankenhaus eingeliefert und könnte möglicherweise sterben … Frau Bergermann wird Ihnen alle weiteren Fragen beantworten. Auf Wiedersehen". Noch ehe Weis reagieren kann, ist der Mann schon um die Ecke verschwunden. *Was für ein Reinfall.* Frustriert dreht er sich um und betritt das Kriminalmuseum. Lag die Mutter des Direktors wirklich im Sterben oder war er ein guter Schauspieler, um schnellstmöglich verschwinden zu können? Drinnen kommt ihm gleich eine sympathische, junge Frau entgegen, die ihn herzlich begrüßt. Sie stellt sich als Anja Bergermann vor, Angestellte des Kriminalmuseums und rechte Hand von Museumsdirektor Hirsch. Auch Weis stellt sich vor und fällt gleich mit der Tür ins Haus: „Kommissar Armin Weis, Kripo München." Routiniert hält er ihr seinen Ausweis vor die Nase, den er immer in der Innenseite seiner Jacke mit sich herumträgt. Doch Frau Bergermann lässt sich durch diese schroffe Geste nicht aus dem Konzept bringen. Ihre Lippen umspielt immer noch dasselbe professionelle Lächeln, als sie Weis direkt fragt, was sie denn für ihn tun könne. „Nun, ich wollte eigentlich mit Ihrem Vorgesetzten, Herrn Hirsch, sprechen, aber der ist nun verständlicherweise verhindert. Haben Sie ein paar Minuten Zeit, Frau Bergermann? Es geht um eines Ihrer Exponate."

„Aber selbstverständlich, Herr Kommissar. Ja, Direktor Hirsch muss sich nun erst einmal um seine schwerkranke Mutter kümmern. Wie kann ich Ihnen weiterhelfen?“ Weis räuspert sich kurz und beginnt von den Vorkommnissen der letzten Nacht zu erzählen. Frau Bergermann hört ihm aufmerksam zu, bei der Erwähnung des Schandkäfigs ziehen sich ihre Augenbrauen besorgt zusammen. Als Weis seine Erzählung beendet hat, seufzt sie laut auf: „Ach du liebe Güte! Ich habe es von Anfang an gesagt, dass das keine gute Idee ist. Abgesehen von dem immensen logistischen Aufwand und den möglichen Beschädigungen am Exponat, habe ich bei jeder Besprechung betont, dass die Gefahr, dass sich möglicherweise irgendwelche Jugendlichen an dem Korb vergehen, viel zu groß ist … Ich muss gestehen, dass meine Sorge in erster Linie dem Exponat galt, mit so einem tragischen Vorfall hätte ich nicht gerechnet …“ Sie schweigt und schaut betreten zu Boden.

„Darf ich Ihnen vielleicht einen Kaffee anbieten?" Weis nimmt die Einladung dankend an und sie gehen gemeinsam in ein kleines Büro am hinteren Ende des Museums.
Weis schaut sich im Vorbeigehen die Objekte an und verspürt eine nostalgische Freude in sich aufsteigen. Ja, das Kriminalmuseum war für ihn stets die einzig wirkliche Zufluchtsstätte in Rothenburg gewesen und der einzige Ort, an den er sich gerne zurückerinnert. Frau Bergermann scheint sein Interesse zu bemerken und beginnt zu erzählen: „Beeindruckend, nicht wahr? Vor allem wenn man bedenkt, dass alles was Sie hier sehen auf eine kleine Privatsammlung des Verlegers Rudolf Hermann Albrechts zurückgeht. Damals, Ende des 19. Jahrhunderts, befand sich die Sammlung, die als *Rothenburger Folterkammer* bekannt war, noch im Turm des Burghotels in der Klostergasse. Sie orientierte sich von Aufbau und Inhalt her stark an der weltbekannten

Nürnberger Folterkammerausstellung von Geuder. In den 1950er Jahren übernahm das Künstlerehepaar Hinckeldey-Wittke die Sammlung, baute sie aus und setzte sie museal in Szene. Die Sammlung wurde mit der Zeit immer umfangreicher, bis sie schließlich in den 70er Jahren in die ehemalige Johanniterkomturei hier in der Burggasse verlegt wurde." Langsam gehen sie durch den imposanten Schauraum, der unter dem Dach liegt und in gut ausgeleuchteten Vitrinen viele unterschiedliche Exponate präsentiert. Ein Bild fesselt Weis' Aufmerksamkeit besonders: Es ist ein mittelalterlicher Stich, welcher einen grausam, auf einen Pfahl aufgespießten Mann im Todeskampf zeigt. Flashbacks vom ersten Tatort nehmen Weis' Gedanken so sehr ein, dass er zuerst gar nicht bemerkt hat, dass Frau Bergermann wieder zu erzählen begonnen hat. „Mittlerweile kommt das Museum auf stolze 50.000 Exponate aus über 1000 Jahren Rechtsgeschichte. Es ist also wenig verwunderlich, dass wir zu einem der wichtigsten und beliebtesten Rechtsmuseen im europäischen Raum zählen.", fügt sie mit Stolz in der Stimme hinzu. Der Kommissar nickt geistesabwesend. *Zuerst der Gepfählte, jetzt der Mann im Schandkorb. Kann das ein Zufall sein?* „Frau Bergermann, warum stand ein Exponat Ihrer Sammlung gestern Nacht da unten am Fluss … Ohne die nötigen Sicherheitsvorkehrungen, die es gegen eine unerlaubte Inbetriebnahme geschützt hätten?" Die junge Frau schluckt, auf einmal wirkt sie nicht mehr so souverän. Dann beginnt sie zu erzählen: „Nun, also, äh, wie Sie vielleicht wissen, gibt es jedes Jahr hier in Rothenburg die Reichsstadt-Festtage. Ein großes Spektakel … Viele Besucher … Gute Werbung für uns … Seit einigen Jahren arbeiten wir mit einer Schaustellertruppe aus dem Saarland zusammen, die jedes Jahr extra hierherkommt, um ihr Programm zu präsentieren. Die haben Kostüme und alles und spielen Szenen aus dem mittelalterlichen Alltagsleben nach ... Unter anderem auch Schauprozesse ... Die kommen beim Publikum immer sehr gut an! Die letzten Jahre haben wir deswegen immer wieder ein paar Exponate zur Verfügung gestellt, unter anderem eben den Schandkorb. Den haben wir die letzten Jahre neben dem Georgsbrunnen aufgestellt. Aber dieses Jahr hatten die Kollegen die Idee unten auf der Wiese einen richtigen Schauprozess mit dem Schandkorb zu veranstalten. Sie wissen, was Bäckerschupfen ist ... Also das war eine Bestrafung im Mittelalter für Bäcker, die zu wenig Mehl für ihr Brot verwendeten und deswegen ..." Weis unterbricht sie: „Danke, ich bin bestens über die mittelalterliche Justiz informiert." Sie lächelt verunsichert, aber fährt fort: „Äh, nun ja, also wir haben den Schandkorb auf seine Sicherheit und Tauglichkeit überprüfen lassen und als rauskam, dass er stabil und sicher ist, haben wir gemeinsam mit den Spielern der Truppe einen Schauprozess erarbeitet. Florian, einer der Darsteller, hätte eingesperrt und ein paar Mal in die aufgestaute Tauber getaucht werden sollen. Die Türe des Käfigs wäre natürlich nicht versperrt worden und Florian hätte ein kleines Sauerstoffgerät in seinem Kostüm versteckt gehabt, nur für den Notfall. Außerdem wären Sanitäter und Feuerwehr dabei gewesen, um einschreiten zu können, falls etwas nicht wie geplant ablaufen sollte." Sie schweigt kurz und fährt dann fort: „Wir haben alles genau durchgeplant, die Sicherheit aller Beteiligten steht an oberster Stelle. Heute hätte die erste Probe stattfinden sollen ... Nun, das hat sich ja jetzt wohl erledigt." Frau Bergermann scheint ehrlich betroffen zu sein, aber Weis lässt sich nicht so schnell täuschen. „Frau Bergermann, ich war in der Früh am Tatort und habe den Schandkorb genau inspiziert. Abgesehen davon, dass von außen eine Kette an der Tür angebracht war, war der Senkmechanismus nicht gesichert. Das Gelände, auf dem er steht, ist frei zugänglich, jeder hätte sich an ihm zu schaffen machen können. Das Konstrukt war außerdem nicht sachgemäß im Boden verankert. Wer war für den Transport und den Aufbau des Korbes zuständig?" Die arme Frau wirkt immer zerknirschter unter Weis´ Verhör. „Wissen Sie, wir haben im Moment wirklich viel zu tun ... Im Oktober findet eine Tagung in Kooperation mit dem Hans-Gross-Kriminalmuseum statt ... Es werden viele namhafte Wissenschaftler aus aller Welt da sein und ich muss so viele Konzepte und Förderanträge schreiben und noch Sponsoren finden und und und ... Was ich damit eigentlich sagen will." Jetzt errötet sie und scheint um Worte zu ringen. „Ich weiß es nicht! Ich habe gedacht Herr Hirsch hat sich darum gekümmert und er hat gedacht, ich hätte mich darum gekümmert ..." Sie wirkt richtig zerknirscht. Weis hat Mitleid mit ihr. „Nun gut, Dankeschön, Frau Bergermann, das wär's dann fürs Erste, danke für Ihre Zeit. Die Kollegen der Rothenburger Polizei werden sich mit Ihnen in Verbindung setzen." Die armen Teufel, innerhalb ihrer Elfenbeintürme sind sie wahrscheinlich hochgelobte Koryphäen, aber im echten Leben mit zwei linken Händen gesegnet. Ja, so sind sie, die studierten Doktoren und Magister dieser Welt.

Kapitel 7

Kommissar Weis geht den kurzen Weg zurück zu seinem Hotel. Es ist mittlerweile kurz nach 13 Uhr und die Sonne sticht beinahe unerträglich heiß vom Himmel für Ende August. Weis schwitzt. Er kann den Alkohol riechen, der aus seiner Haut kriecht wie ein übles Miasma. Ihm ist elend zumute. Der Gedanke, noch mindestens bis Feierabend auf ein dringend benötigtes Reparatur-Bier warten zu müssen, bereitet ihm Unbehagen. *Reiß dich zusammen, Mann!* Zurück im Hotel lässt er sich in das Himmelbett fallen und beginnt damit, den Bericht von heute Morgen in seinen Laptop zu tippen. Dafür schaut er sich alle Fotos noch einmal genauer an. Die zusammengesackte und durchnässte Leiche in ihrem feuchten, unnachgiebigen Grab aus Eisen und Holz. Nein, das war definitiv kein Unfall gewesen, so viel steht fest. Dieser Mann wurde gegen seinen Willen in den Käfig und ins Jenseits befördert. Weis schaut sich seine Fotoaufnahmen, welche die Verschlussvorrichtung des Käfigs zeigt, genauer an. Die Türe des Käfigs wird normalerweise von einem, am vorderen Ende nach unten gebogenen Eisenstift verschlossen gehalten, der allerdings leicht entfernt werden kann, indem man ihn nach oben dreht und aus der Öffnung schiebt. Um nicht zu riskieren, dass sich der Gefangene auf diesem Weg befreien würde, hat der Täter eine Fahrradkette um die Türe angebracht und sie zweimal um das Holz gewickelt. Nein, der Tod dieses Mannes ist definitiv kein Unfall gewesen. Hier handelt es sich ganz eindeutig um einen Mord, so viel steht fest. Nicht zu vergessen das Schild mit der lateinischen Aufschrift, welche die Leiche um den Hals trug. Wie es aussieht gibt es hier eindeutig einen Zusammenhang zum Opfer der vergangenen Nacht. Die Morde hängen zusammen, darin besteht kein Zweifel. Aber wer war dieser Mann, der letzte Nacht seinen Tod in der Tauber fand? Er würde das heute alles im Revier erfragen. Weis tippt schnell seinen Bericht fertig und fügt die Bilder vom Tatort hinzu. Er lädt den Bericht auf einen USB-Stick hoch, den er in seiner Hosentasche verschwinden lässt. *Die Zigarette!* Stimmt, da war ja was. Weis schien verschlafen zu haben, als die vielgepriesene deutsche Arbeitsmoral verteilt wurde. Seine Arbeitsweise war stets von einer großen Prise Chaotik geprägt. Mit zwei großen Schritten durchquert er das Zimmer und beugt sich zum Spurensicherungskoffer hinunter. Er hätte schwören können, dass er den eingetüteten Zigarettenstummel in eines der vorderen Ablagefächer getan hat. Aber da ist nichts. Hektisch geht er die anderen Fächer durch, aber von der Zigarette keine Spur. Wie konnte das sein? *Konzentriere dich, Armin, die taucht sicherlich auf!* Noch einmal gräbt er sich wie ein panischer Maulwurf durch den

Inhalt des Spurensicherungskoffers, aber die Zigarette bleibt verschwunden. *Ich war zwar noch illuminiert, aber so illuminiert, dass ich mir eine Menthol-Zigarette eingebildet habe sicherlich nicht.* Trotz seiner chaotischen Tendenzen war Weis immer Herr über das Durcheinander geblieben. Er erschwert sich zwar manche Dinge unnötig durch seine etwas verpeilte Art, aber das hatte seine Arbeit noch nie negativ beeinflusst. Und wenn es um die Sicherstellung von Beweismitteln geht, dann war er so präzise und genau wie ein Schweizer Uhrwerk. Aber die Zigarette bleibt verschwunden. *Moment mal?* Ein unangenehmer Gedanke wächst in seinem Kopf. Aber wäre es möglich? Weis hält inne. *Der Anruf.* Er hatte den Tatort verlassen, aber seinen Koffer dort stehen lassen. Konnte einer von den Beamten sich in dieser Zeit an seinen Sachen zu schaffen gemacht haben? Woher hätten sie überhaupt wissen sollen, dass er einen Zigarettenstummel gefunden hatte? Nein, diese

Idee war absurd. In Kripokreisen gilt das Tatortsicherungswerkzeug der anderen als heilig, keiner würde fremde Utensilien angreifen. Kalter Schweiß bildet sich auf seiner Stirn. *Habe ich vielleicht doch mehr gesoffen am Vorabend? Ist mir die eingetütete Zigarette vielleicht beim Einpacken aus der Tasche gerutscht, ohne dass ich es bemerkt habe?* Weis spürt ein unangenehmes Ziehen in der Magengrube. Konnte es sein, dass ihn seine Vorliebe für alkoholische Genussmittel zur Gedankenkontrolle zum ersten Mal in seinem echten Leben ernsthaft beeinträchtigt hat? Dinge zu verlegen oder im Rausch die Treppe hinunterzufallen waren eigentlich alles Vorkommnisse, die sich nur in seinem Privatleben ereignen. Im Job und nach außen war er stets darum bemüht, die Fassade des verschrobenen und wortkargen, aber kompetenten Kriminalbeamten aufrecht zu erhalten. Sie würde doch nicht genau hier und heute zu bröckeln beginnen?

Gegen 16 Uhr erreicht Weis die Polizeiinspektion Rothenburg. Das weiße Doppelhäuschen mit der gläsernen Eingangstüre verströmt ein seltsames 80er-Jahre-Flair und das, obwohl es erst vor kurzem generalsaniert wurde. *Dass es bis jetzt noch kein Architekt geschafft hat, Gebäude des öffentlichen Dienstes zu entwerfen, die einem nicht das Gefühl geben im äußersten Bannkreis der Hölle gelandet zu sein?* Er drückt die Klingel und kurz darauf erscheint Werner Jüttner und öffnet ihm die Türe. Der junge Beamte lächelt ihn genauso freundlich an wie heute Morgen und fragt ihn gleich, ob er auch einen Kaffee haben wolle, den Weis aber dankend ablehnt. Kaffee um diese Uhrzeit kommt ihm nicht in die Tüte. Werner führt ihn in die Wachstube, in der sich mehrere Beamte um einen Computer versammelt haben und mit ernsten Mienen auf den Bildschirm starren. Einige Gesichter erkennt Weis von heute Morgen wieder. Vor dem

PC hockt wohlplatziert Eberlein wie eine fette Kröte in seinem Sessel, umringt von den anderen Beamten, und starrt in den Monitor. Ab und zu schüttelt er leicht den Kopf, sein Blick eine Mischung aus Bestürzung und Ekel. Niemand scheint Weis zu beachten, der gerade mit Werner den Raum betreten hat und sich an dessen Schreibtisch niedergelassen hat. „Wir haben heute Morgen Moritz Schulz´ Handy sowie seinen PC und etliche Festplatten abgeholt, um zu sehen ob sich in seinem E-Mail-Verkehr vielleicht Hinweise auf den Täter finden lassen." Er macht eine kurze Pause. „Allerdings haben wir mehr gefunden, als uns lieb war. Offensichtlich stimmen die Gerüchte, die sich um Schulz private Interessen ranken." Weis, der anfangs nur halb zugehört hat, ist mit einem Mal ganz Ohr. Er ahnt bereits worum es geht. „Und diese privaten Interessen sind …" Er betont den Satz wie eine Frage. „Eigentlich darf ich nicht darüber reden, aber da Sie, Herr Kommissar, ebenfalls an den Ermittlungen beteiligt sind, werden Sie es sowieso früher oder später erfahren." Weis nimmt mit Wohlwollen die korrekte Ansprache seiner Person wahr. Eine gewisse Hierarchie war schon in Ordnung, sonst würde man ja auch nicht Polizist werden, wenn man darauf keinen Wert legen würde. „Nun, es scheint, als ob unser Oberarzt eine Vorliebe für kleine Mädchen hatte. Und wenn ich Vorliebe sage, dann meine ich damit, dass er nicht nur Konsument, sondern auch Produzent war … Ein Produzent der übelsten Sorte … Wenn Sie verstehen, was ich meine." Weis nickt, aber sagt nichts. *Moritz Schulz - ein Pädophiler. Warum verwundert mich das nicht? Es war das letzte Mosaiksteinchen im Bild einer grauenhaften Persönlichkeit. Einmal Arschloch, immer Arschloch.* „Morgen kommt ein Team von der Task Force gegen Kinderpornografie und sichtet das Material. Einige Festplatten konnten nicht entschlüsselt werden, wir sind nicht ausgebildet für die Auswertung dieser Art von Verbrechen. Aber das, was wir bis jetzt gesehen haben reicht, um mit hundertprozentiger Sicherheit sagen zu können, dass es sich bei Schulz definitiv nicht um einen Einzeltäter handelt." Werner schweigt, er scheint um die richtigen Worte zu ringen. Leiser als vorher murmelt er: „Und jetzt raten Sie einmal, wen wir auf einem der Videos in flagranti erwischt haben … Unsere Leiche von heute Morgen." Plötzlich fällt es Weis wie Schuppen von den Augen. Das waren nicht die Morde eines geisteskranken Mörders mit einer seltsamen Vorliebe für lateinisches Recht. Das war Selbstjustiz. Ein Rachefeldzug. Und der Ertränkte würde nicht sein letztes „Opfer" gewesen sein.

Roten Burg

Kapitel 8

„Sein Name ist Tom Decker. Ein hohes Tier in der Bauwirtschaft. Der deutsche Kleinstadt-Trump, made in Rothenburg. Klassischer Lebenslauf eines Mannes aus reichem Haus. Wirtschaftsstudium in Oxford, Managementausbilder an der WHU, einen guten Riecher für lukrative Geschäfte, etliche Anzeigen wegen Besitz und Konsum von Kokain und etwaigen sexuellen Übergriffen, die allerdings nie weiterverfolgt wurden. Vor #MeToo also der klassische Lebenslauf eines erfolgreichen Mannes jenseits der 40.“ Er lacht ein tiefes, kehliges Lachen. „Natürlich bestens innerhalb und außerhalb seiner Branche vernetzt, ehemaliges Mitglied einer schlagenden Burschenschaft, aber immer freundlich und nett zu den richtigen und wichtigen Leuten. Dazu noch eine Visage wie ein moderner Cary Grant, braune Hundeaugen, schwarze Haare und fertig ist Schwiegermuttis Liebling." Die Verachtung in Werners Stimme ist kaum zu überhören. Während er erzählt, beben seine Nasenlöcher und er scheint jedes Wort förmlich auszuspeien, so sehr widert ihn Tom Decker an. „Selbstverständlich ist er auch verheiratet, mit einer Nichte des ehemaligen Bürgermeisters von Rothenburg. Eine Stepford-Wife wie aus dem Buche und er hat –." An dieser Stelle bricht seine Stimme. Die Wut und der Zorn weichen aus seinem Gesicht. Der Beamte scheint sich vor Weis´ Augen innerlich aufzulösen. Seine sonst so freundlichen Augen starren emotionslos ins Leere, seine Stimme ist leise und brüchig. „- und er hat zwei kleine Töchter." Weis muss nicht nachfragen, um zu verstehen. *So ein dreckiger Bastard. Für den war dieser Tod immer noch gnädig genug. Zur Hölle mit ihm und allen von seiner Sorte.* Es gibt Themen, die selbst langjährigen und hartgesottenen Beamten immer noch näher gehen, als sie nach außen hin zugeben würden. Ein Vater, der seine eigenen Töchter missbraucht, das Ganze filmt und sie an seine Freunde „ausborgt“ gehört hier definitiv dazu. Auch Weis ist im ersten Moment sprachlos. Ihm fehlen die richtigen Worte. Was soll man auf so etwas auch sagen? Auch Worte kennen ihre Grenzen. So brüten beide einige Minuten nebeneinander her, völlig in ihren düsteren Gedanken versunken. Weis vermeidet es auf den Bildschirm zwei Reihen vor ihm zu schauen. Er will nicht sehen, was dort gezeigt wird. Das gehört nicht zu seinem Aufgabenbereich. Zu vielem ist er fähig, aber nicht dazu. Innerlich bedankt er sich bei all den Beamten da draußen, die ihren Seelenfrieden opfern, um an der Aufklärung dieser abscheulichen Verbrechen zu arbeiten. Die meisten von ihnen schaffen es allerdings nicht, diesen Job länger als ein paar Jahre zu machen. Danach sind sie nicht mehr dieselben. Bilder können Gift für die Seele sein und diese langsam, aber sicher zugrunde richten. Manche von ihnen haben sich nie mehr von dem erholt, was sie gesehen haben. Für Weis waren Vorkommnisse wie solche der Grund, keine Kinder in die Welt zu setzen. Er hatte zu tief in die menschlichen Abgründe geblickt, um noch Vertrauen in die Welt haben zu können. Miriam, die gutgläubige Miriam, konnte das nicht verstehen. Sie sah es als eine Art Ablehnung gegen ihre eigene Person. Sie konnte nicht verstehen, dass der Gedanke eine Tochter mit Miriam zu haben ihm das Herz auf so viele Arten zerspringen lies. Er wusste, er würde dieses Kind so sehr lieben, mehr als alles andere auf dieser Welt. Und eben, weil er es so sehr liebt, schon jetzt, ohne es jemals in den Armen gehalten zu haben, wusste er, dass er ihm diese Welt nicht antun konnte. Ja, er liebte dieses Kind so sehr, dass er nicht wollte, dass es geboren wurde, weil es in dieser Welt nur Schmerz und Leid erwarten würde. Also drängte er Miriam zu einer Abtreibung. Irgendwann willigte sie ein. Aber mit dem Kind verlor er auch sie. Nachdem er sie von der Klinik nach Hause begleitet hatte, war nichts mehr wie vorher. Er hatte sie verloren. Alle beide. Für immer. *Wer mit Ungeheuern kämpft, mag zusehen, dass er nicht dabei zum Ungeheuer wird. Und wenn du lange in einen Abgrund blickst, blickt der Abgrund auch in dich hinein.* Nietzsche war Weis immer schon sympathisch gewesen und nicht nur, weil sie sich einen gemeinsamen Geburtstag teilen. Er spürt wie sich seine Kehle zusammenzieht und seine Augen feucht werden. Den Gedanken an sein niemals geborenes Kind hatte er lange Zeit verdrängt. Und heute war definitiv nicht der richtige Tag, um in Erinnerungen zu schwelgen. Also tut er das, was er am besten kann. Er nimmt seine Gefühle und erdrückt sie in einer harten und unnachgiebigen Umarmung des Verstandes. Weis beherrscht diese Kunst bis zur Perfektion.

Nach einiger Zeit schält sich Eberlein aus seinem Sessel, wackelt hinüber zur kleinen Teeküche und wühlt in einer Tüte Chips - ein Zeichen auch für die anderen Beamten eine kurze Pause einzulegen. Die Menschentraube löst sich auf und Weis nutzt den kurzen Moment der Aufregung, um Werner unauffällig beiseite zu ziehen. Was er jetzt tun musste, ist ihm sichtlich unangenehm. Er bemüht sich, so locker und natürlich wie möglich zu klingen. „Sagen Sie mal, Herr Jüttner, haben Sie zufällig heute Morgen etwas aus meinem Spurensicherungskoffer entfernt … Oder ist Ihnen aufgefallen, dass irgendwer von den Kollegen vielleicht meinen Koffer mit seinem Equipment verwechselt hat?“ Angriff ist normalerweise die beste Verteidigung, also geht er stets direkt vor und hofft, dass dieses Verhalten seine gewünschte Wirkung zeigt. *Verdammt, deine Stimme ging zum Schluss rauf, wie bei nem Eunuchen. Cool bleiben, Armin, cool bleiben.* Die buschigen Augenbrauen des Polizisten schieben sich mit einem Ausdruck leicht gekränkter Verwunderung nach oben. „Aber natürlich nicht, Herr Kommissar. Was denken Sie von mir? Dass ich in Ihren Sachen herumschnüffle? Niemals würde ich so etwas tun!" Er scheint um Worte zu ringen: „Ist Ihnen etwas abhandengekommen oder wie kommen Sie darauf?" Weis fühlt sich ob der sichtlich betroffenen Reaktion Werners auf seine Anschuldigung mit einem Mal sehr deplatziert. Er errötet leicht, was ihm furchtbar peinlich ist. Gerne wäre er jetzt woanders. „Aber nicht doch. Ich habe wahrscheinlich nur meine Pinzette verlegt, das ist alles. Ich dachte nur, ich frage mal nach. Kann schon mal passieren, dass man schnell ein Werkzeug braucht und sich eines beim Kollegen ausborgt. Alles in Ordnung." Er ringt sich ein unbeholfenes Lächeln ab. Die Zigarette erwähnt er nicht. Kurz darauf erscheint Eberlein gestärkt aus der Teeküche und platziert seinen fülligen Körper wieder vor dem Monitor. Zum ersten Mal ist Weis froh ihn zu sehen. Er wirft Werner noch einmal ein entschuldigendes Grinsen zu und folgt Eberlein zu seinem Platz. Der Sessel knarrt unter dem beachtlichen Gewicht des Polizeihauptkommissars. Trotz aufgedrehter Klimaanlage schwitzt er stark. Dunkle Schweißflecken färben die Achseln seines hellgrauen Hemds, die Stirn glänzt speckig. Ein seltsamer Geruch scheint den Mann zu umgeben, süßlich stechend und unangenehm, aber Weis kann ihn nicht richtig einordnen. Stattdessen vermeidet er tiefe Atemzüge durch die Nase. „Ich habe hier den Bericht von heute Morgen." Er kramt den silbernen USB-Stick aus seiner Hosentasche und legt ihn Eberlein auf den Schreibtisch. „Fotos und Auswertung, alles dabei." Der Hauptkommissar hebt sein rundes Schweinsgesicht und schaut Weis verdutzt an. „Sie arbeiten aber schnell, Herr Kommissar. Na dann, werde ich mir das später mal ansehen. Wir haben hier gerade alle Hände voll zu tun, um Beweise von Schulz´ Devices sicherzustellen. Verdammtes Schwein. Gerüchte gabs ja schon lange, aber mit diesem Ausmaß hat hier niemand gerechnet. Herrje, wir sind nicht mal wirklich dazu ausgebildet, ich hoffe wirklich, dass die Leute von der Task Force bald hier eintreffen und uns ein bisschen unter die Arme greifen." Dann murmelt er, mehr zu sich selbst: „Höchste Zeit, dass die Welt von dieser Schweinerei erfährt." Er hält kurz inne. „Achso, Sie wissen ja noch gar nicht Bescheid, also ..." Weis unterbricht ihn schnell. „Kollege Jüttner hat mir bereits geschildert, was vorgefallen ist. Ich bin im Bilde." „Aha. Ja. Das ist gut. Sehr schön. Sehr schön. Sonst noch was, Herr Kommissar?" Er betont das Wort Kommissar auf eine Art und Weise die Weis missfällt. Wieder einmal hat er das Gefühl, als ob Eberlein versuchen würde, ihm und seinen Fragen auszuweichen. Das gefällt ihm nicht, er lässt nicht locker. „Ich habe heute Vormittag mit

Frau Bergermann geredet … Der Assistentin von Dr. Hirsch vom Kriminalmuseum. Sie schien sehr bestürzt darüber zu sein, dass eines ihrer Exponate für einen Mord verwendet wurde. Gleichzeitig macht sie sich große Sorgen wegen den rechtlichen Konsequenzen … Der Schandkorb war nicht ausreichend gegen die Benutzung durch Unbefugte gesichert. Es war grob fahrlässig ihn dort aufzustellen, ich habe mir das Konstrukt genau angesehen. Sie sollten das definitiv weiterleiten, bevor die Anwälte des Opfers das spitzkriegen." Eberlein gibt ein paar undefinierbare Grunzer von sich, er scheint ihm gar nicht mehr richtig zuzuhören, er hat seine winzigen Schweinsaugen wieder ganz auf den Bildschirm geheftet und nickt abwesend. Weis lässt nicht locker. „Übrigens bekam ich heute Morgen einen Anruf von meinem Vorgesetzten. Sie haben aufgrund der Geschehnisse beschlossen Verstärkung zu schicken." Bei diesen Worten horcht Eberlein auf, sein Gesicht bekommt plötzlich einen leicht panischen Ausdruck. „Morgen wird die Profilerin Karin Wolski nach Rothenburg kommen und mir bei meiner Arbeit assistieren." Eigentlich war es ja umgekehrt, aber diese Blöße wollte sich Weis vor seinem ehemaligen Mobber nicht geben. Auf Eberleins Miene zeichnet sich nun endgültig Panik ab. „Verstärkung??? Was denn für Verstärkung? Wer braucht denn so einen Blödsinn? Denken die feinen Herrschaften aus München etwa, dass wir nicht mit so etwas fertig werden??? Jetzt wollen Sie uns noch so eine Wichtigtuerin auf den Hals hetzen??? Glauben die denn, wir sind bescheuert? Danke, aber wir kommen gut alleine zurecht." Er schnappt nach Luft, sein Gesicht ist puterrot angelaufen. Weis befürchtet, dass er gleich vom Stuhl kippt. *Seltsam. Hat er nicht gerade davon geredet, wie froh er sei, dass sie Unterstützung von der Task-Force gegen Kinderpornografie bekommen werden? Warum pudelt er sich also wegen*

Wolski so auf? Kennen sich die beiden? Wenn er ehrlich zu sich selbst ist, dann muss er zugeben, dass er es genießt zu sehen, wie dieses traurige Würstchen in Panik verfällt. Es erfüllt ihn mit einer kleinlichen, aber durchaus befriedigenden Genugtuung. *Was solls? Der Himmel ist für mich sowieso schon gestorben.* „Ich brauche bitte alle Informationen, die Sie über Tom Decker haben. Und geben Sie mir die Liste mit allen Namen der Verdächtigen, die auf den Videos zu sehen sind. Wenn wir es wirklich mit einem Serientäter zu tun haben, dann könnten diese Videos vielleicht wertvolle Hinweise auf mögliche nächste Opfer geben. Ich werde mir heute Abend noch genauer Deckers und Schulz' Akten vorknöpfen. Achja und bevor ich es vergesse: Schicken Sie mir sofort den Bericht des Gerichtsmediziners, sobald Sie ihn haben." Eberlein murmelt erneut irgendwas Unverständliches, das Weis als Zustimmung interpretiert. Als er die Wachstube verlässt, ist die Sonne bereits am Untergehen und er wird das seltsame Gefühl nicht los, dass sich bei diesem Fall eine Ungereimtheit an die nächste reiht. Es ist ein lauer Abend und als Weis beim Hotel ankommt, verspürt er wenig Lust gleich auf sein Zimmer zu gehen und mit seinen Gedanken alleine zu sein. Also entscheidet er sich noch einen kleinen Aperitif im schönen Gastgarten des Hotels einzunehmen. Er findet einen freien Platz direkt am Eingang, unter einer Holzschnitzerei aus einem ehemaligen Weinfass, welches jetzt als hübsche Wanddekoration dient. Gleich darauf kommt auch ein sympathischer Kellner mit starkem fränkischen Akzent, bei dem Weis ein großes Bier bestellt, das kurze Zeit darauf bereits serviert wird. Er nimmt einen großen Schluck und fühlt, wie die Anspannung des Tages langsam abnimmt. *Was für ein Tag. Normalerweise bist du sowas doch gewohnt, Armin. Ein bisschen mehr Kampfgeist, bitte.* Bilder von den Tatorten geistern in seinem Kopf herum. Wenn es sich bei den Motiven der Morde wirklich um Rache handelt, so wird auch das nächste Opfer höchstwahrscheinlich mit der Pädophilen-Szene in Verbindung stehen. *Kann man denn dann überhaupt von Opfer reden?* Eine laute Stimme vom Nebentisch reißt ihn abrupt aus seinen Grübeleien. „Furchtbar ist das. Ach, was sag ich da: Schrecklich, eine Katastrophe!" Ein anderer Mann nickt ihm überschwänglich zu und fällt ihm ins Wort: „Ich habe gehört, dass er noch gelebt hat, als diese Bestie ihn auf den Pfahl gesetzt hat." Die Frau neben ihm jammert gequält auf: „Ach, wie entsetzlich, was das für Schmerzen sein müssen. Das wünscht man nicht einmal seinem schlimmsten Feind." Ihre Freundin ergreift jetzt das Wort: „Letzte Woche erst bin ich bei ihm in der Praxis gewesen, wegen der Besprechung für die OP meines Hallux. Also er ist ja jetzt nicht unbedingt der herzlichste Mensch, aber niemals hätte ich gedacht, dass er jetzt tot ist, ermordet von irgendeinem Irren.

Und das in einer so friedlichen Stadt wie der unsrigen. Ich bin wirklich entsetzt und sprachlos. Zustände sind das ..." Die Runde verstummt, alle scheinen im Geiste ihren düsteren Gedanken nachzuhängen. Weis hat sein zweites Bier bestellt und tut es ihnen gleich.

Kapitel 9

Schau dich doch mal an, du Versager. Ja, schau dich ganz genau an. Du bist ein Häuflein Elend, eine leere Hülle, ein Schatten deiner Selbst. Du bist kein Mann, sondern ein Monster. Und du tust nichts dagegen. Lehnst dich nicht dagegen auf. Sinkst tiefer und tiefer. In diesen dreckigen, schlammigen, stinkenden Morast, den du als dein Inneres bezeichnest. Gib es doch zu, du hast keine Gefühle. Du bist innerlich genauso tot, wie die Leichen, mit denen du jeden Tag zu tun hast. Wer sonst sucht sich einen Beruf aus, der von so viel Tod und Leid geprägt ist? Du bist selbst tot und elendig, deswegen fühlst du dich auch so wohl unter Toten, Verwesenden, Mördern, Kinderschändern und Psychopathen. Denn du weißt, dass du eigentlich auch einer von ihnen bist. Dass da ein unbändiger, kalter Hass auf die Menschen und die Welt in dir ist, der dich zerfrisst, wie ein kaltes, nagendes Feuer. Was hast du in deinem erbärmlichen Leben schon erreicht? Kann man das, was du tust, überhaupt Leben nennen? Existierst du überhaupt? Wen interessiert es, ob du lebst oder stirbst? Die einzige Person, die sich jemals für dich interessiert hat, ist weg. Sie ist jetzt mit einem leitenden Angestellten verheiratet, der zwar keine Haare mehr hat, aber dafür alle Tassen im Schrank. Sie wohnt nun in Freising, in einem kleinen Häuschen am Stadtrand und gibt Yogakurse für Frauen jenseits der besten Jahre, die ihre Chakren wieder ins Gleichgewicht bringen müssen, nachdem sie ihre Ehemänner dabei erwischt haben, wie sie bis zum Anschlag in ihren 20-jährigen Sekretärinnen steckten. Außerdem hat sie einen schwarzen SUV und einen weißen, kleinen Köter, der immer bellt, wenn du in der Nacht wieder einmal deine erbärmlichen Runden drehst und zufällig ihre Straße entlangfährst. Vielleicht schafft er es sogar noch sie zu schwängern, stell dir vor wie schön es wehtut, wenn du siehst, wie sie alles mit ihm hat, was sie mit dir haben wollte. Aber du bist ein Monster, das zu keinen tieferen Gefühlen fähig ist. Ja, du kannst es gut verstecken nach außen. Da schätzt dich jeder wegen deiner vermeintlichen Sachlichkeit und deiner distanzierten, aber höflichen Art. Aber stell dir mal vor, du würdest von dir geliebt werden wollen. Du armes Schwein. Du kannst nicht lieben. Du bist nicht fähig dazu. Du bist um keinen Deut besser als die ganzen Arschlöcher, die du jagst. Du kennst sie gut, denn du bist einer von ihnen. Sie denken, du bist ein begnadeter Ermittler. Aber das bist du nicht. Du bist einfach nur ein Wolf im Schafspelz. Und ein Wolf erkennt den anderen. Homo homini lupus. Du erbärmlicher Versager. Du wirst nie wissen, was es heißt, geliebt zu werden. Da ist sogar der Tod besser. Stell dir vor, wie froh Miriam wäre, wenn sie sich keine Vorwürfe mehr machen müsste, dass sie dich für diesen erbärmlichen Schlappschwanz verlassen hat. Tu der Welt einen Gefallen und tritt ab.

„Nein, das ist nicht wahr. Ich bin kein Psychopath ... Miriam … Miriam … Ich liebe dich, ich liebe dich, das schwöre ich … Es tut mir leid … Es tut mir so leid. Ich liebe dich. Ich liebe unser Kind. Du hast mich nie verstanden … wie sehr ich sie geliebt habe … Wie sehr ich dich geliebt habe … Bitte geh nicht“ … Weis wälzt sich im Bett hin und her. Es ist halb 10 am Abend. Die Minibar ist geleert. Er krallt sich an einer halbvollen Flasche Whiskey fest, das einzige was er aus der Minibar noch nicht ausgetrunken hat. *One of those days.* Eigentlich wollte er sich, nachdem er von der Polizeiinspektion zurückgekommen war, nur sein wohlverdientes Reparatur-Bier gönnen. Es ging runter wie nichts. Auch das zweite, das dritte und das vierte flossen locker und leicht seine durstige Kehle hinunter. Nach dem dritten Bier bemerkte er, dass er heute noch nichts gegessen hatte. Das kam vor. Eine Dose Erdnüsse sollte Abhilfe verschaffen. Und die Erdnüsse wurden mit noch mehr

Bier hinuntergespült. Dann folgte Wodka. Und als der leer war Whiskey. Schließlich brach das absolute Chaos über ihn herein. Die Stimmen waren wieder da. Und sie gaben ihr bestes, dass sie auch ja nicht überhört werden konnten. Man sollte meinen, dass er sich inzwischen daran gewöhnt hätte. Schließlich erschien ihm dieser Dämon, der aus ihm selbst kam, bereits seit seiner Kindheit. An manchen Tagen war es schlimm. An anderen Tagen, so wie heute, war es schier unerträglich. „Miriam … Miriam … Bitte … Glaube mir … Ich liebe dich. Ich liebe dich. Ich liiiiiebe dich. Auf meine Art … Aber ich liebe dich … Bitte … Bitte komm zurück … komm zurück … komm zurück zu mir … Ich werde gut sein … Gut zu dir … Gut zu mir … Wir können noch ein kleines Mädchen haben … Es ist noch nicht zu spät … Bitte …“ Weis schreit lautlos in die Bettdecke, in die er sich mittlerweile eingewickelt hat. Er liegt immer noch im Bett, ohne Hemd, die Hose halb ausgezogen. Eine Socke liegt direkt neben seinem Gesicht. Sie riecht streng. Er schiebt sie unters Kopfkissen und vergräbt sein Gesicht wieder in der Decke, um sein Schluchzen abzudämpfen. Mittlerweile hat er die Kunst inbrünstig, aber leise zu leiden bereits perfektioniert. In seiner alten Wohnung stand einmal eine besorgte Nachbarin, eine ältere Dame mit großen Uhu-Augen und einem kleinen Adlergesicht vor der Türe, da sie sich wegen den komischen Geräuschen, die aus seiner Wohnung drangen sorgte. Die Arme bekam wohl den Schock ihres Lebens, als ihr ein versoffener, halbnackter, verheulter Weis die Tür geöffnet und ihr, wie aus Reflex, seine Dienstmarke entgegenhielt. Seitdem achtet Weis penibel darauf, während seiner Heul-Sessions keine unnötigen Laute von sich zu geben. Irgendwann versiegen die Tränen und machen der wohlbekannten Leere Platz. Wie ein eingerollter Embryo liegt er im Bett und schaukelt manisch hin und her. Er bucht in

Hotels immer ein Zimmer mit Doppelbett, damit er in einer solchen Situation nicht herausrutschen kann. Die Bilder in seinem Kopf verblassen langsam. Eine Woge aus erleichternder Gleichgültigkeit rollt durch seinen verwirrten Verstand und begräbt alle Gedanken und Erinnerungen allmählich unter sich. Zeit verliert ihre Bedeutung. Wie lange liegt er schon hier? Stunden? Tage? Mittlerweile hat er jegliches Zeitgefühl verloren. Langsam kommt wieder Bewegung in seine steifen Glieder. Er streckt sich und robbt dann umständlich aus seiner Festung aus Decken und Polstern heraus, kommt langsam auf die Beine und steht auf zittrigen Knien in seinem Hotelzimmer. Die Realität holt ihn allmählich wieder ein. Der kleine Wecker auf dem Nachtkästchen zeigt an, dass es kurz vor 1 Uhr ist. Irgendetwas stinkt fürchterlich. Ein schneller Geruchstest bestätigt ihm, dass er es selbst ist, der so müffelt. Höchste Zeit für eine Dusche. Sein Magen grummelt. Wann hatte er zuletzt gegessen? Schwankend geht er zu seinem Hemd, das er achtlos über das Bett geworfen hat und zieht es an. Ja, er braucht wirklich dringend was zwischen die Kiemen. Die Hygiene kann warten. Das Zimmer hüpft bei jedem Schritt unangenehm auf und ab und verdoppelt sich in alle Richtungen. Er ist weit davon entfernt nüchtern zu sein, aber er hat sich soweit im Griff, dass er seine Gedanken wieder einigermaßen unter Kontrolle hat. Der Körper ist allerdings ein anderes Kapitel. Seine Glieder zittern, sein Kopf dröhnt, sein Mund schmeckt, als ob ein Tier darin seine letzte Ruhestätte gefunden hätte. Essen, egal was, einfach nur Nahrung, um die Wirkung des Alkohols ein wenig zu dämpfen. *Scheiße, morgen um 8 Uhr früh geht es schon wieder weiter.* Mit einer hüpfenden Bewegung, die beinahe ein jähes Ende am kleinen Holztisch genommen hätte, zwängt er sich in sein zweites Hosenbein und stopft das Hemd umständlich in den Bund. Dann also auf zur Tanke.

Roten Burg

Der einzige Ort, wo man um diese Uhrzeit in einer so provinziellen Gegend wie Rothenburg noch was zu essen kriegt. *Wohl bekomms.*

Roten Burg

Kapitel 10

Röderschütt. Wie viel muss man saufen, um sich so ein Wort einfallen zu lassen? Vielleicht habe ich den falschen Beruf gewählt. Verdammt noch einmal, kann dieser Vollidiot nicht abblenden!? Meine Augen schmerzen so schon genug. Da muss mir nicht noch irgend so ein Halblustiger seine Aufblendlichter in die Visage leuchten lassen. Oh Gott, da vorne kommen Menschen. Cool bleiben, Armin, lass dir nichts anmerken. Ein Pärchen. Keiner interessiert sich um diese Uhrzeit für jemand anderen. Und die beiden schon gar nicht. Es ist alles nur in deinem Kopf. Argh, apropos Kopf. Der tut verdammt weh. Bin ich vielleicht gegen diesen verdammten Holztisch im Hotelzimmer gefallen? Ich spüre nichts, aber wer weiß schon, was in den letzten Stunden passiert ist. Gott, warum bist du so? Warum kannst du nicht mit dem Trinken aufhören? Dich endlich in Therapie begeben. Du bist nicht schwach, nur weil du dir Hilfe holst. Schwach … Meine Beine sind schwach und zittern. Mist, abgerutscht, schnell wieder rauf auf den Bürgersteig. Gerade gehen. Nach vorne schauen. Ja, du hattest keine leichte Kindheit, aber wer hatte die schon? Und wenn du ganz ehrlich bist … Verdammt, was war das? Achso, bloß eine Katze. Schwarz. Von links. Natürlich, als ob ich noch mehr Unglück in meinem Leben ertragen würde. Ah, der alte Friedhof. Die habens hinter sich, die glücklichen Bastarde. Schlafen da friedlich in ihren Särgen und warten auf das Jüngste Gericht. Bei mir ist jeder Tag eine Apokalypse. Aber manchmal tust du dir selbst schon ganz schön leid, oder? Diese roten Lichter der Kerzen beruhigen mich. Warum fürchten sich Menschen vor Friedhöfen? Die, die hier zuhause sind, tun niemanden mehr etwas zu leide. Die ganzen Arschlöcher allerdings, die jetzt in ihren Betten schlummern, um morgen von neuem die Welt zu terrorisieren, das sind die, vor denen man sich fürchten sollte. Die Moritz Schulz und Konsorten dieser

Welt. Die Hölle ist ein zu guter Ort für euch, ihr miesen Schweine. Der Friedhof ist gleich gegenüber von der Chirurgie. Wie morbide. Manchmal trennt nur eine schmale Straße die Lebenden von den Toten. Aua, der Laternenmast war doch näher als gedacht. Welches Genie platziert die auch hier mitten auf dem Weg? Ob die Leute Bescheid wussten über Moritz' Vorlieben? Herrgott, warum gibt es so viele kranke Spinner auf dieser Welt? Aua, meine Augen. Schon wieder so ein Blender. So, gleich geschafft, Armin. Cola und Kekse erwarten dich. Durchhalten. Da ist schon das Schild. Gut, dass heute kein Fußballspiel von irgendwelchen Provinzligen stattfand. Dann wäre die Tanke wahrscheinlich bummvoll. So, jetzt hast du es gleich geschafft. Nur noch wenige Meter. Gott, mein Schädel brummt. Verdammt, was ist das für eine Fratze da in der Auslage? Achso … das bin ja ich. Meine Fresse, siehst du fertig aus. Und dabei ist das nur eine Spiegelung in einem Fenster. Der Blick in einen Spiegel würde dich vermutlich töten, du widerlicher Basilisk.

Meine Augen. Sind das meine Augen, diese rot geschwollenen Bälle? Oh, verdammt ... Da sind ja Menschen. Was glotzt du denn so dämlich, Bürschchen? Noch nie einen fertigen Basilisken-Kommissar zu Mitternacht in eine Auslagenscheibe starren gesehen? Musst wohl aus Rothenburg sein. Jaja, glotz nur blöde, du Vierauge. Ach Herrje, noch ein Mensch. Nein, kein Mensch, ein Recke. Egal, ich mag weder Menschen noch Recken. So wie der aussieht, hat er sicherlich in Drachenblut gebadet. Die Nibelungen haben angerufen, sie wollen ihren Siegfried zurück! Den hätte Miriam sicherlich nicht verlassen, so wie der gebaut ist. Wie ein junger Halbgott. Der hat sicherlich nie mit irgendwas Probleme. Alles, was er angreift gelingt ihm und Frauen bedanken sich wahrscheinlich noch, nachdem er sie gefickt hat und in der Früh wieder abgehauen ist. Gott, ich hasse Menschen. Und diesen ganz besonders. Wieso hasse ich Menschen? Egal, ich hasse sie einfach. Verpiss dich endlich, ich habe Hunger und ich habs nötiger als du. Gönn einer Kanalratte wie mir doch wenigstens einen traurigen Mitternachtssnack von der Tankstelle, Siegfried. Skandal! Münchner Kommissar vor Rothenburger Tankstelle verhungert. Oh Mann, was denn jetzt noch? Wo geht das Bürschchen hin? Ah, da ist es ja wieder, das vieräugige Männchen in seiner blauen Uniform. Was hat es da in seiner Hand? Eine weiße Plastiktüte. Was da wohl drinnen ist? Und was tut der gut geformte Recke da? Er legt ihm zwei sauber gefaltete 100 Euro-Scheine hin. Und die wandern sogleich in den Hosenbund des Jungspunds. Eigenartig. Oh Mann, ich will doch einfach nur eine Cola und Kekse, ich habe Feierabend und will die Sau rauslassen. Ha. Ha. Gott, alles dreht sich. Ah, da! Siggi greift in die Tüte und zieht etwas heraus. Eine Stange Zigaretten in grünem Papier. Mann, du wirst doch diesen Prachtkörper nicht mit Nikotin besudeln. Mein Magen macht seltsame Geräusche. Der Spaziergang war keine besonders kluge Idee. Warum bin ich noch gleich hier? Achja, Cola und Kekse. Es stinkt nach Essensresten und Kraftstoffen. Großartig, genau was mein Magen gerade braucht. Mir ist übel. Moment einmal. Grüne Zigaretten … GRÜNE ZIGARETTE!!!? Kann das sein? Das ist sicherlich nur ein Zufall … oder?? Waren die überhaupt grün? Mist, er hat sie schon wieder weggepackt. Konzentrier dich, Armin! Du musst sofort nüchtern werden. Hast du deinen Ausweis dabei? Geh da rein und verwickle diesen Mann in ein Gespräch. Äh, ́tschuldigung, Siegfried, aber rauchst du zufällig grüne Zigaretten? Vielleicht ist das eine göttliche Fügung. Heureka, du bist ein Genie! Ein besoffenes Genie. Ein Genie, das aufgrund seiner Trinkgewohnheiten nicht mal in der Lage ist, die einfachsten Befehle auszuführen. Kommt sicherlich gut, wenn ein komplett versoffener Kommissar in der Nacht Leute an der Tanke aufhält und sie nach grünen Zigaretten fragt. Warum nicht gleich grüne Männchen? KAWUMM. Verdammt!!! Was war das? Ich liege auf dem Boden. Warum liege ich auf dem Boden? Ich werde attackiert. Jemand greift mich an. Na warte! Dir werde ich es zeigen! Springe auf, ich bin bereit, komm ruhig her und versuch dein Glück, du Arschloch. Aber keiner ist da. Moment einmal. Verdammt mein Schädel schmerzt … Bin voll gegen das Glas geknallt. Muss mich konzentrieren. Wo ist er? Darf ihn nicht aus den Augen lassen. Die Fresse von dem Kassierer kommt immer näher. Oder sind es zwei Kassierer? Scheiße, was liegt denn da am Boden? Alles wird schwarz. Das besorgt-dumme Gesicht des Bürschchens kommt immer näher. Verdammt, bitte nicht. Nicht jetzt. Reiß dich zusammen!!! Mir wird übel. Ich kann es nicht mehr zurückhalten. Oh mein Gott.

Nachtschichten in der Tankstelle sind immer eine eigene Erfahrung. Die heutige Nacht war allerdings soweit sehr ruhig verlaufen. Und wie es aussieht, würden heute auch ein paar Extra-Moneten die Besitzer wechseln. Ralf Klug freut sich. Der Plan mit den Menthol-Zigaretten war wirklich aufgegangen. Er fühlt sich wie der Wolf of

Wall Street persönlich. Was ist denn das für ein komischer Kauz da hinten vor dem Fenster? Mann, der sieht aber fertig aus. Hoffentlich nur ein Betrunkener, der sich seinen Stoff holt, ohne Ärger zu machen. Ralf hat keine Lust sich heute mit irgendwelchen Spinnern herumzuschlagen. Er ist müde und freut sich schon auf sein Bett. Ah, da ist er wieder. Dasselbe wie letztes Mal? Heute könnte er ihm sogar zwei Stück anbieten. Das erfreut den Unbekannten sichtlich. Schnell huscht Ralf nach hinten zu seinem Spind und zieht die Tüte mit der wertvollen Fracht heraus. Gerade als er kassieren will, hört er einen lauten Rumms. Der seltsame Kauz war ausgerutscht und mit voller Länge gegen die Glasfassade gedonnert. Hoffentlich hat sie keinen Sprung. Und hoffentlich ist dem Vollkoffer nichts passiert, er hat wirklich keine Lust diesem unappetitlich aussehenden Individuum erste Hilfe leisten zu müssen. Aber nein, er springt schon wieder auf und veranstaltet einen seltsamen Schattenboxtanz. Tankstellen und Bahnhöfe scheinen eine spezielle Anziehungskraft auf die Freaks dieser Welt auszuüben. Er geht Richtung Türe, um zu sehen, ob Handlungsbedarf besteht. Der Mann hat inzwischen seinen komischen Tanz beendet und steht in einer seltsam gekrümmten Position mit dem Rücken zu ihm. Nein, bitte nicht. Er wird doch nicht … Doch, er wird. Wenn es läuft, dann läufts. Ralf seufzt. Der Kunde verabschiedet sich und verschwindet zügig durch den seitlichen Ausgang. Ralf schlurft Richtung Putzraum, um Eimer und Wischmopp zu holen. Irgendwann wird er sein eigenes Unternehmen haben. Irgendwann.

Kapitel 11

1:45. Kein Schwein unterwegs. Ausgezeichnet. Was gibt es um die Uhrzeit für einen ehrbaren Rothenburger Bürger auch zu tun? Für die Drecksarbeit schickt man dann doch lieber ihn, während man sichs in der guten Stube bequem macht. Aber das ist schon okay so. Sie zahlen gut. Und verschaffen mir die richtigen Kontakte. Abgesehen davon bin ich auf einer Mission. Eine Mission für mehr Gerechtigkeit in dieser verkommenen Welt. Wenn sich der Staat nicht um seine Bürger kümmert, so müssen die Bürger für sich selbst sorgen. Diese Grundeinstellung fand ich immer schon toll von ihnen. Die warten nicht darauf, dass ihnen jemand zur Hilfe kommt, sie helfen sich selbst. Und bald werde auch ich einer von ihnen sein. Und dann wird jemand anderer für mich die Drecksarbeit übernehmen. Das Kriminalmuseum ist komplett dunkel. Kein Licht brennt. Für die Türe habe ich einen nachgemachten Schlüssel. Im Inneren ist es ebenfalls dunkel. Ich ziehe meine Handschuhe über und knipse die Taschenlampe an. Bloß nicht unnötig auffallen. Ich arbeite sowieso lieber in der Dunkelheit. Lautlos öffne ich die Hintertür meines VW T5. Igitt, stinkt das erbärmlich. Hat sich der Penner angepisst? Schaut ganz danach aus. Verdammt, und ich kann die Schweinerei nachher wieder wegmachen. Wenigstens war es nicht schwer den Burschen zu fangen. Der ist so hinüber, der checkt sowieso nichts mehr. Hab mich als Konsument ausgegeben und ihm gesagt, dass ich ein bisschen Crystal benötige, er müsse nur mit nach draußen zu meinem Wagen kommen … Gott, wie naiv manche Menschen sind. Ich habe das Betäubungsmittel höher dosiert, wollte auf Nummer sicher gehen, weiß ja nicht, was für eine Resistenz der schon aufgebaut hat. Bloß kein Risiko eingehen. Der Bursche ist so abgemagert, den würde sogar meine Mutter tragen können. Ekelhaft. Jetzt muss ich ihn hochheben und reintragen. Die dünnen Ärmchen, von Einstichlöchern entstellt, baumeln leblos an der Seite hinab. Die viel zu große Hose scheint sich nur an seinen herausstehenden Hüftknochen vor dem Hinunterfallen zu retten. Die nackten Beine sind ebenfalls mit Einstichlöchern und blauen Flecken versehen. Das Gesicht ist mager, die Wangen eingefallen, er hat mehrere aufgekratzte Stellen um den Mund. Er widert mich unglaublich an. Gleich hab ich´s geschafft. Nur noch die Treppe runter. Let´s get this party started.

„Scheiße, Mann … Was soll denn das? Wo bin ich? Lass mich sofort los! Was geht hier für `ne kranke Scheiße ab??? Ich stehe nicht auf Fesselspielchen." Er hat sein Bewusstsein wiedererlangt. Habe die Betäubung doch ein wenig zu gering dosiert. Dieser Giftler. Die Ausdünstungen, die von ihm ausgehen, widern mich an. Einmal muss ich mich fast übergeben. Gott sei Dank ist das Fliegengewicht schnell verstaut. Ich ziehe den Riemen um seine schmächtigen Ärmchen fester. Er schreit auf. Auch bei den dünnen Beinen gurte ich noch einmal nach. Er schreit noch lauter. Verdammt. Wenn der so weiterschreit hört mich vielleicht irgendwer. Drehe mich um und suche den Raum mit meinen Blicken ab. Der Junkie ist inzwischen fest auf dem Stachelstuhl angebunden und macht die ersten Erfahrungen mit den hölzernen Spitzen, die sich unaufhörlich in sein dünnes Fleisch bohren. Er schreit noch lauter. Ich schreite die Vitrinen ab. Und siehe da. Auf einer der Vitrinen liegt eine interessante birnenförmige Apparatur aus Eisen. Am hinteren Ende befindet sich ein filigraner Drehmechanismus, der fast aussieht wie ein schöner, antiker Schlüssel. Wenn ich daran drehe, gehen vorne drei gebogene Metallblätter immer weiter auf … Perfekt. Ich werfe noch einen

Blick in die Vitrine. Mundbirne steht dort auf einem Plastikkärtchen geschrieben. Ich nehme sie und nähere mich meinem stinkenden Opfer. Und jetzt schön den Mund aufmachen. Herrlich. Nach kurzer Zeit wird aus den verzweifelten Schreien ein verzweifeltes Wimmern. Er kann keine Sätze mehr artikulieren, die Birne ist zu weit aufgespannt. Nur archaische Schmerzenslaute verlassen seine Kehle. „Wirst du in Zukunft ein braver Junge sein, Kevin?" Ich stehe hinter ihm, damit er mein Gesicht nicht erkennt. Er wimmert. Die Kapuze habe ich inzwischen abgenommen. Viel zu heiß darunter. Ich drücke von hinten auf seine Schultern. Er heult auf. Ich drücke fester. Die Stacheln bohren sich tiefer in sein Fleisch. Er heult lauter. Irgendwann lehne ich mich mit meinem gesamten Gewicht auf ihn und drücke ihn unbarmherzig in den stacheligen Untergrund. Ein archaischer Schrei entweicht aus seiner Kehle. War das noch menschlich, oder schon tierisch? Ich lasse los. Er ist ohnmächtig. Scheiße. Gebe ihm eine schallende Ohrfeige, die ihn wieder zurück in die Realität holt. „Wirst du es in Zukunft bleiben lassen, anderen Leuten etwas wegzunehmen, um deine erbärmliche Sucht zu finanzieren? Du bist Dreck, Kevin … Abschaum. Genau wie die Mutter, die dich geboren hat. Jeder hat sie schon einmal gefickt und du weißt es." Oh Gott. Jetzt weint er. Erbärmlicher Schwächling. „Wirst du in Zukunft brav sein, Kevin?" Er ist sehr schwach, aber er gibt sich große Mühe zu nicken. „Aber irgendwie … glaube ich dir nicht." Ich stemme mich erneut auf ihn. Schmerzensschreie. Plötzlich stinkt es. Verdammt, der kleine Schisser hat sich in die Hosen gemacht. Wie ekelhaft. Plötzlich spüre ich Hass in mir aufsteigen. Das ist gefährlich. Ich verachte Menschen wie ihn, sie sind die Parasiten unserer Gesellschaft. Drücke fester. Drücke gegen seine Arme, seine Beine und seine Schultern. Er schreit wie ein abgestochenes Schwein. Keine Ehre, diese Ratte. Bin im Rausch. Möchte ihn vernichten, seiner bemitleidenswerten Existenz ein Ende machen. Fühle die Freude in mir aufsteigen, wenn ich seine Schreie höre. Ja, ich hasse solche Menschen. Sie gehören vernichtet. Sie sind das Unkraut unserer Gesellschaft. Ich muss es ausreißen. Es gibt mir ein unglaublich gutes Gefühl zu wissen, dass ich das Schwert bin, welches über sie richtet. Drücke ihn immer fester in den Stuhl. Blutrausch. Ekstase. Ich bin Herr über Leben und Tod. Und es gefällt mir. „Weißt du, Kev, diese Birne gibt es auch für andere Körperöffnungen und wenn du nicht brav bist, dann komme ich wieder und dein versiffter Hintern kann Bekanntschaft mit ihr machen." Igitt, was für ein ekelhafter Gestank. Der Typ hat sich von oben bis unten angeschissen. Vielleicht war ich doch ein bisschen zu grob. Immerhin wiegt dieser Junkie vielleicht gerademal 55 Kilo. Ich lasse ab von ihm. Der Geruch, den dieses Aas ausströmt, ist erbärmlich. Kämpfe gegen den Brechreiz an. Die Oberflächen des Stachelstuhls sind blutverschmiert. Er wimmert noch ein bisschen, sein Kopf ist nach vorne gekippt, blutiger Speichel rinnt aus seinem Mund und tropft auf seine durchnässte Hose. Lasse von ihm ab. Brauche frische Luft. Ich ziehe die Handschuhe aus und verlasse den Raum. Gehe in den Eingangsraum und zünde mir unter dem „Rauchen verboten"-Schild eine Zigarette an. Inhaliere tief. Zum Glück konnte ich vorhin an der Tankstelle noch Nachschub abholen. Fuck. Was für eine Nacht. Lösche die Zigarette nach der Hälfte an der Unterseite des Empfangstresens aus und stecke den Stummel in meine Hosentasche. So ein Fehler wie am Fluss, als ich eine Zigarette achtlos weggeschnipst hatte, passiert mir nicht noch einmal. Als ich zurück in den Keller gehe, ist es auffällig ruhig. Kein Jammern, kein Wimmern. Er ist immer noch in der gleichen Position, in der ich ihn zurückgelassen habe. Halte die Luft an und beuge mich zu ihm runter:

„Hey, Kev, bist du noch da?“ Er antwortet nicht. Schlage ihm mit der flachen Hand ins Gesicht. Keine Reaktion. Leuchte ihm mit der Taschenlampe ins Gesicht. Wieder keine Reaktion. Pack sein Handgelenk und versuche seinen Puls zu fühlen. Nichts. Ich atme auf. Ein Problem weniger.

Kapitel 12

Tageslicht dringt durch die halb zugezogenen weiß-blau gemusterten Vorhänge und direkt auf Weis´ Netzhaut. *Wo bin ich?* Seine müden Augen wandern das Zimmer ab, in dem er aufgewacht ist. Er liegt in einem großen, bequemen Himmelbett, das mit Stoffvorhängen und einer schönen Steppdecke ausgestattet ist, auf der Weis letzte Nacht eingeschlafen ist. Anscheinend hat er es nicht einmal geschafft seine Schuhe auszuziehen, sondern ist der Länge nach in das romantische Doppelbett gekippt und mit dem Gesicht nach unten eingeschlafen. Im Zimmer riecht es angenehm nach altem Holz und ätherischen Ölen. Auf einem kleinen Tischchen neben dem Bett steht ein großer Strauß Wiesenblumen, die im Licht der einfallenden Morgensonne in voller Pracht leuchten. In Weis´ Kopf spielt ein

Affe Schlagzeug. So jedenfalls fühlt es sich an. Sein Kopf pocht und sticht; jedes noch so kleine Geräusch hämmert schmerzhaft auf seine Hirnwindungen ein und das helle Licht des neuen Tags malträtiert seine Augen. Aber nein, das tierische Schlagzeug sind Kirchenglocken, die ankündigen, dass es 8 Uhr morgens ist. Wenn er aus dem Fenster schauen würde, könnte er direkt die zwei unterschiedlich großen Türme der gotischen Stadtkirche St. Jakob sehen. Eigentlich könnte es hier richtig schön sein. Wenn es letzte Nacht nicht schon wieder so ausgeartet wäre. Seine Glieder schmerzen und seine Zunge liegt trocken und pelzig in seinem Mund. Als er sich auf den Rücken dreht, dringt ihm ein widerlicher Geruch nach Alkohol und Schweiß in die Nase. Ihm wird übel. Schnell rennt er ins Bad und lässt der Natur ihren Lauf. Als er fertig ist, schämt er sich. Das strahlende Weiß der Badezimmerkacheln steht im krassen Kontrast zu seiner heruntergekommenen und

fertigen Erscheinung, die ihm mit toten Augen aus dem hübschen Wandspiegel im barocken Stil entgegenstarrt. *Was hat dich bloß so ruiniert?* Gerade als er zurück ins Bett wanken will, fällt ihm auf, dass die Zimmertüre sperrangelweit offensteht. Hatte er gestern in seinem Delirium vergessen sie zu schließen? *Ich kann mich nicht erinnern. Ich weiß nicht einmal, wie ich nach Hause gekommen bin. Gut möglich, dass ich vergessen habe die Türe hinter mir zu schließen.* Weis kramt in seinem Kulturbeutel und fischt ein paar Aspirin und eine Tablette Alka-Seltzer heraus. Die Kombi sollte ihm dabei helfen, den kommenden Tag wenigstens auf Autopiloten durchstehen zu können. Und als ‚kleine Unterlage' etwas vom reichhaltigen Frühstücksbuffet der „Altfränkischen Weinstube" kann auch nicht schaden. Wenigstens sein Appetit ist ihm erhalten geblieben.
Weis wankt die Treppen hinunter zu den Bewirtungsräumen. Er muss sich konzent-

rieren, um ja keine Stufe auszulassen und nicht mit großem Karacho die Stiegen herabzustürzen. *So, geschafft. Und jetzt ein Kaffee.* „Guten Morgen, Herr Weis!", tönt es plötzlich von der Seite. *Verdammt, hab ich etwas vergessen? Das wird doch nicht schon Wolski sein?* Vorsichtig dreht er sich um und blickt in das freundliche Gesicht der Rezeptionistin, die ihm ihr schönstes Lächeln schenkt. „Na, haben Sie gut geschlafen?" Kurz wird Weis nervös. Sie wird ihn doch wohl nicht gesehen haben, gestern Nacht? Aber ihre Augen blicken ihn so freundlich und wohlwollend an, dass er diesen Gedanken schnell beiseiteschiebt. Sicherlich versucht sie nur freundlich zu ihm zu sein, sowie zu allen anderen Gästen auch. Kein Grund für paranoide Gedanken. Er atmet einmal tief durch. „Danke der Nachfrage, aber ich hatte schon mal bessere Nächte.", antwortet er und ringt sich ein schiefes, entschuldigendes Lächeln ab. Das Gesicht der Rezeptionistin verfinstert sich, besorgt schieben sich ihre Augenbrauen zusammen und bilden eine tiefe Furche. „War etwas mit dem Zimmer nicht zu Ihrer Zufriedenheit?“ „Aber nein, nicht doch, das Zimmer ist fantastisch!“, wiegelt Weis ab, „Ich habe nur nicht sonderlich gut geschlafen und in der Früh stand dann auch noch die Zimmertüre offen. Was sehr eigenartig ist, denn ich bin mir sicher, dass ich sie gestern Nacht fest hinter mir verschlossen habe.“ Der letzte Satz war geflunkert. Die besorgte Falte verschwindet und macht einem verschwörerischen Lächeln Platz. „Aaaahha! Ich sehe, Sie haben Bekanntschaft mit dem Rothenburger Hausgeist gemacht, der sich hier in unserer Pension besonders gerne aufhält.“ Ihre Miene nimmt jetzt konspirative Züge an, sie beugt sich über die Ausschanktheke und spricht mit gedämpfter Stimme weiter und gibt sich große Mühe, so geheimnisvoll wie möglich zu klingen: „Wissen Sie, vor langer Zeit ist in Rothenburg ein schauriges Verbrechen geschehen, dessen Nachwirkungen auch heute zum Teil noch spürbar sind. Vor langer Zeit kam ein armes, aber äußerst hübsches Waisenmädchen namens Gretchen zu einer wohlhabenden Rothenburger Familie, um dort als Magd zu arbeiten. Natürlich ist die Schönheit des armen Kindes dem Hausherren nicht entgangen und so dauerte es nicht lange, bis er begann ihr heimlich nachzustellen. Je älter sie wurde, desto aggressiver wurden auch seine Annäherungsversuche, aber was hätte das arme Mädchen schon tun können? #MeToo rufen? Das war ja damals noch nicht erfunden." Sie lacht laut über ihren Witz, den Weis nicht versteht. Es war definitiv zu früh für jegliche Form von Kommunikation. Aber die äußerst redselige Rezeptionistin lässt nicht locker. „Auf jeden Fall führte schließlich eines zum anderen und schon war das arme Ding schwanger und musste sich eine neue Bleibe suchen. Denn der Hausherr war natürlich keinesfalls erpicht auf einen Bastard, Sie wissen ja, wie das damals so war. Er zwang sie einen Vertrag zu unterschreiben, den das Mädchen nicht versteht, da es weder lesen noch schreiben kann und Stillschweigen über den Vater ihres Kindes zu wahren und erlaubte ihr im Gegenzug dazu, sie bis zur Geburt des Kindes in der Bronnenmühle als Hausmädchen zu tolerieren. Bronnenmühle ist ein Ortsteil von Rothenburg, wissen Sie und dort steht heute noch das alte Mühlenhäuschen, das Ende des 16. Jahrhunderts errichtet wurde. Ein entzückender Bau, schaut aus wie ein Puppenhaus, müssen Sie sich unbedingt einmal ansehen." Weis lächelt und nickt. „Na, wo waren wir. Aaaah, ja! Also irgendwann im tiefsten Winter ist es dann soweit und Gretchen bringt ein wunderschönes, kleines Mädchen zur Welt. Erst dann erkennt sie, dass in dem Vertrag, den sie damals unterzeichnet hat, stand, dass sie das Kind zur Adoption freigeben muss, was sie nun bitter bereut. Am nächsten Tag kamen die Gemeindediener, um das Neugeborene abzuholen. Aber als sie die Mühle betraten, verschanzte sich Gretchen mit ihrer Tochter am Dachboden. Doch es half alles nichts. Sie küsste ihre Tochter und zog eine lange Nadel aus ihrem Kleid hervor, die sie dem Kind ins Herz stach. Dann warf sie das tote Kind aus dem Fenster und stürzte sich ebenfalls in die Tiefe. Die Gemeindediener liefen hinunter zum Fluss, um die Leichen zu bergen, aber dann geschah das Unfassbare. Sie sahen, wie das tote Gretchen ihr Kind nahm und im Nebel verschwand. Niemand sollte sie jemals wiedersehen. Aber nach ihrem Ableben begannen sich die Bewohner der Bronnenmühle eigenartige und seltsame Geschichten zu erzählen. Sie redeten von unheimlichen Geräuschen in der Nacht, wehleidigen Seufzern und schmerzverzerrten Schreien. Man vernahm Schritte am Dachboden und manch einer behauptete sogar, eine weiße Frau herumirren gesehen zu haben … Die Berichte über die weiße Frau in Rothenburg gibt es auch heute noch …" Sie beugt sich noch ein Stück weiter über den Tresen. „Und Gretchen scheint sich hier besonders wohl zu fühlen. Viele unserer Gäste haben bereits Bekanntschaft mit ihr gemacht." Jetzt lächelt sie wieder ihr Tausendwattlächeln. „Aber keine Angst, Herr Weis, Gretchen ist ein friedlicher Geist, sie tut niemandem etwas zu leide. Schlafen Sie also ganz unbesorgt." Weis ringt sich ein letztes Lächeln ab und verabschiedet sich in Richtung Speiseraum. Obwohl er in Rothenburg aufgewachsen ist, hatte er noch nie von dieser Geschichte gehört. Ein suizidgefährdeter Geist, der sein Kind auf dem Gewissen hat und in der Nacht wehklagend durch die dunklen Gassen der Stadt zieht. Er würde doch nicht etwa seine Seelenverwandte hier in Rothenburg gefunden haben?

Kapitel 13

Nach einem kargen Katerfrühstück packt ihn die Eile. Er hatte Wolski versprochen, sich um 8.30 Uhr mit ihr zu treffen, um sie über die bisherigen Untersuchungsergebnisse aufzuklären. 8.30 Uhr. Was für eine beschissene Uhrzeit. Mit gequältem Gesichtsausdruck rührt er in seinem Kaffee (der dritte an diesem Morgen) herum und versucht seine ganze Aufmerksamkeit auf das, was sein Gegenüber sagt, zu richten. Es gelingt ihm nur bedingt, zu sehr sitzt ihm der üble Kater der letzten Nächte in den Knochen. Karin Wolski hatte vorgeschlagen sich bei einem Kaffee über den aktuellen Stand der Ermittlungen zu unterhalten. Weis konnte zwischen dem Café Lebenslust und dem Café Einzigartig entscheiden. Nachdem seine Lebenslust gerade weniger als nur homöopathisch vorhanden war und er sich stattdessen einzigartig schlecht fühlt, vereinbarte er ebendort ein Treffen. Das kleine Kaffeehaus in der Galgengasse befindet sich in einem entzückenden rosaroten Fachwerkhaus und versprüht einen sympathisch-nostalgischen Charme, der es besonders Wolski angetan hatte. Als er, mit zwanzig Minuten Verspätung, endlich in den Gastgarten wankt und auf einem der weißen Stühle Platz nimmt, ist sie noch im Kaffeehaus und betrachtet die dort ausgestellten Antiquitäten mit leuchtenden Augen. Sobald sie ihn wahrnahm, wich der weiche, kindliche Blick einer neugierigen Miene und als sie sich bei ihm vorstellt, hat er das Gefühl, dass er sie gut leiden können würde, auch wenn ihre Mitarbeit ihn nicht besonders erfreut. „Kommissar Weis, wie schön, dass Sie hergefunden haben, ich hatte schon Angst, Sie hätten sich verlaufen. Mein Name ist Kommissar Karin Wolski und ich bin polizeiliche Fallanalytikerin … Aber das wissen Sie bestimmt schon.“ Sie lächelt ihn schief an, eine Augenbraue leicht hochgezogen, die grünen Augen scheinen ihn schelmisch anzublitzen. Dann dreht sie sich abrupt um und gibt bei dem Kellner, den Weis gar nicht bemerkt hat, ihre Bestellung auf: Einen doppelten Espresso und ein „Gute-Laune-Frühstück". Davon könnte Weis gerade ein gutes Dutzend gebrauchen. Sie hat seinen Blick bemerkt und fügt fast entschuldigend hinzu: „Auf leeren Magen kann ich nicht arbeiten." Weis sagt nichts, sondern nickt nur, was er aufgrund der daraus resultierenden Kopfschmerzen sogleich bereut. Wolski lässt nicht locker. „Na, `ne lange Nacht gehabt, Herr Kommissar?", fragt sie neckisch, während ihre Augen seinen Blick hinter der dunklen Sonnenbrille zu suchen scheinen. Weis bemüht sich professionell zu wirken. „In dieser Phase der Ermittlung ist jede Nacht lang … Aber das wissen Sie ja bestimmt." Beim Versuch, lässig die Beine übereinanderzuschlagen, stößt er an der Tischplatte an. *Verdammt noch einmal.* Weis räuspert sich. *Also gut, dann auf in die Offensive.* „Frau Wolski … bitte verstehen Sie mich nicht falsch, das ist nichts Persönliches gegen Sie, aber ich denke, ich komme mit dem Fall sehr gut allein zurecht … Um ehrlich zu sein, denke ich, dass ich schon sehr nah dran bin, das Ganze aufzulösen." Seine Rede wird vom Kellner unterbrochen, der das Frühstück an den Tisch bringt. Als er Wolski den Espresso hinstellt, weiten sich seine blauen Augen und er wirkt mit einem Mal ganz aufgeregt. Er dreht sich mit einem entschuldigenden Blick zu Weis um: „Verzeihen Sie bitte die Störung, aber sind Sie nicht Karin Wolski, die berühmte Profilerin? Meine Frau und ich, wir sind große Fans von Ihnen." Wolski schenkt ihm ein Tausend-Watt-Lächeln. Für sie scheinen solche Situationen nicht ungewöhnlich zu sein. „Ja, die bin ich. Ich freue mich immer sehr zu hören, wenn es Leuten gefällt, was ich so mache." Weis ist auf einmal genervt von ihr. *Eingebildete Tusse. So kann man doch nicht professionell arbeiten. Führt sich auf wie irgendein Hollywood-Sternchen.* Der Kellner hat inzwischen sein Handy gezückt, um ein Erinnerungs-Selfie mit Wolski zu machen, die ihm ihr breitestes Lächeln schenkt. Als er weg ist, fährt Weis sie in einem schnippischen Tonfall an: „Ist die Audienz beendet? Können wir uns wieder den wichtigen Themen widmen? Ich habe nicht den ganzen Tag Zeit." Er ist selbst überrascht über die Härte seines Tonfalls. Aber Wolski scheint sich davon nicht aus der Fassung bringen zu lassen. „Aber selbstverständlich Herr Kollege, fahren Sie fort." „Äh, ja, also, wo war ich. Achja. Also, ohne Ihnen zu nahe treten zu wollen, aber ich denke nicht, dass ich Ihre Hilfe benötigen werde. Ich bin schon knapp an der Lösung dran, jeder weitere Kommissar würde hier nur die Suppe versalzen … Falls Sie verstehen, was ich meine … Also ich weiß, dass Sie hierher beordert wurden, aber ich habe das ganze gut unter Kontrolle." Während seiner ganzen Erzählung hat Wolski ihn mit diesem seltsamen schiefen Lächeln angeschaut, während sie in ihrem Frühstück herumstocherte. „Nun, Herr Kollege, vielen Dank für den, wie soll ich sagen, offenherzigen Empfang. Wären Sie so freundlich mir nur in aller Kürze Ihren Verdacht zu schildern?“ Weis räuspert sich und gibt sich Mühe, sichtlich locker und lässig zu klingen. *Gott, warum bin ich so nervös?* „Also, meiner Meinung nach ist der Fall klar: Wir haben es mit einer Art Vendetta zu tun. Irgendwer will Rache nehmen, für das was der Oberarzt und seine Kumpane aus der Wirtschaft diesen Kindern angetan haben. Also den Kindern von Tom Decker …“ Wolski fixiert ihn immer noch mit ihrem katzenhaften Blick und dem undefinierbaren Lächeln. „Tom Decker hat keine Kinder.“ Dann zieht sie einen grünen Aktenordner aus ihrer Tasche und legt ihn rechts neben sich auf den Tisch. Sie klappt ihn auf und schlägt die Seite auf, die mit einem violetten Zettel markiert ist. „Tom Decker, geboren am 08.11.1962, geschieden, kinderlos." Gerne hätte Weis sein Gesicht gesehen, er konnte sich nur ausmalen, wie belämmert er wohl gerade dreinschaut. „Haben Sie Deckers Akte nicht gelesen, Herr Kommissar? Sehen Sie, aus diesem Grund ist ein bisschen Hilfe nicht schlecht. Vier Augen sehen mehr als zwei. Und ich habe mir sowohl Deckers als auch Schulz' Akte genau angesehen. Bis auf eine gemeinsame Schulzeit und denselben Geburtsort verbindet die beiden absolut nichts mehr. Also wo auch immer sie die Pädophilen-Geschichte herhaben, die mag vielleicht bei den Ermittlungen zu Schulz' Ermordung eine Rolle spielen, aber sicherlich nicht bei Deckers." Sie nimmt einen großen Bissen von ihrem belegten Brötchen und spricht mit vollem Mund weiter. Irgendwie findet Weis das charmant. Konventionen scheinen sie recht wenig zu kümmern. „Soweit ich das beurteilen kann, ist Deckers einziger Fetisch Geld. Geld, welches er mit seinem Unternehmen auf … nun ja sagen wir mal etwas zwielichtige Weise verdient. Tom Decker gehört die Immobilienfirma Decker GmbH. Und diese Firma sorgt nun schon seit gut 15 Jahren immer wieder für größere und kleinere Skandale in der Baubranche. Eine Spezialität von Decker GmbH ist der Kauf und Verkauf von alten Zinshäusern. Seine Makler suchen in sozial schwächeren Gegenden nach alten Zinshäusern und beginnen systematisch damit die darin wohnenden Mieter, ich kann es nicht anders formulieren, herauszuekeln. Nachdem der letzte Mieter seinen Kram gepackt hat, reißen sie die Bude ab und stellen innerhalb kürzester Zeit einen billig produzierten Neubau an diese Stelle. Den neuen Mietern wird dann eine ungleich höhere Miete aufgebrummt, die sich die alte Belegschaft nicht mehr leisten kann. Et voila, fertig ist die Gentrifizierung. Mit seinen zwielichtigen Methoden, die alten Mieter aus den Häusern zu bekommen plus immer mal wieder Ungereimtheiten mit den Finanzen und einer richtigen Arschloch-Attitüde hat er sich in den letzten Jahren nicht unbedingt viele Freunde, dafür aber umso mehr Feinde gemacht." Inzwischen bearbeitet Wolski ein Brötchen, das sie dick mit Erdbeermarmelade beschmiert. „Aber das wäre in Rothenburg ja an sich kein Skandal. Die Rothenburger lieben lukrative Geschäfte und alles, was die Kassen klingeln lässt. Aber vor drei Jahren hat Decker einen Fehler begangen, den ihm die Rothenburger nicht so leicht verzeihen konnten." Wieder dieses schiefe Grinsen, während sie ihre klebrigen Finger mit flinker Zunge sauber leckt. Allerdings genauso, dass kein Platz für auch nur den kleinsten erotischen Gedanken bleibt. Irgendwie wird sie Weis immer sympathischer. „Kennen Sie das ehemalige Übernachtungshaus *Bären?* Ein recht großes Gebäude in der Hofbronnergasse. Decker hat es vor vielen Jahren erworben, um dort Büroräume einzurichten.

Aber irgendwie wurde daraus nicht so recht was. Das Gebäude lag einige Jahre im Dornröschenschlaf. Bis Decker es 2016 völlig überraschend als betreutes Wohnheim für Senioren zur Verfügung gestellt hat. Das alte Mobiliar wurde ausgeräumt und das Gebäude auf die Bedürfnisse der zukünftigen Bewohner abgestimmt. Decker ließ sich als humanitärer Helfer feiern; der eigentliche Grund war jedoch, dass die Sanierung des Hauses Unsummen verschlungen hätte. Also hat er mit einer seiner fragwürdigen Baufirmen zusammengearbeitet und das Haus notdürftig herrichten lassen. Wie schlimm die Wohnumstände in diesem feuchten Haus wirklich sind, kann ich Ihnen nicht sagen, aber es ist sicherlich nicht das Ritz-Carlton. Decker hat sich mit dieser Aktion, die im Prinzip nur dazu diente, die unliebsame Immobilie elegant loszuwerden und gleichzeitig ein bisschen das angekratzte Image zu polieren, in Rothenburg nicht unbedingt viele Freunde gemacht." Jetzt löffelt sie die restliche Marmelade aus dem Schälchen und schleckt genüsslich das Löffelchen ab. „Also, ich weiß ja nicht wie es Ihnen geht, aber alte Menschen, die ihr ganzes Leben brav in die Pensionskassa eingezahlt haben und tüchtig ihrer Bürgerpflicht nachgekommen sind, in so einem verpfuschten Altersheim dahinvegetieren zu lassen, kommt in einer Stadt wie Rothenburg meiner Meinung nach schon einem Todesurteil gleich." Sie leckt sich keck einen Patzer Marmelade von der Lippe und grinst ihn herausfordernd an.

Kapitel 14

Es ist bereits kurz vor 9 Uhr, als Weis und Wolski durch das Galgentor laufen und an dem Röderschütt die Stadtmauer entlang in Richtung Rödertor gehen. Ein großer Wachturm thront über dem Durchgang, der eigentlich Würzburger Tor heißt. Da es jedoch durch dieses Tor auch zu der sogenannten „Köpfelwiese" ging, auf der auch ein Galgen zu finden war, wird das Tor heute umgangssprachlich nur „Galgentor" genannt. Es ist eines von insgesamt fünf Haupttoren der äußeren Stadtbefestigung. Zu seiner Rechten ragen zwei weitere Wachtürme in die Höhe, der Thomasturm und der Weiberturm. Aber Weis hat für all diese historischen Bauten wenig Beachtung. Ihm schmerzt immer noch der Schädel und Wolskis Anwesenheit verwirrt ihn zusätzlich. Außerdem hat er Angst, dass sie seine doch sehr penetrante Fahne riechen könnte. Aber Wolski scheint gar nicht darauf zu achten, zu sehr ist sie von Rothenburgs wildromantischer Schönheit in den Bann gezogen. „Tja, so einen Einsatzort hat man auch nicht oft." Ihre Augen leuchten und sie strahlt wie ein Honigkuchenpferd. „Haben Sie gewusst, dass Rothenburg schon im 10. Jahrhundert urkundlich erwähnt wird? Also die Burg, aus dem es sich entwickelt hat, von irgendeinem Fürst Rothenburg oder so." „11. Jahrhundert." Antwortet Weis knapp. Er hat wenig Lust auf Smalltalk. „Und der Fürst, den Sie meinen, ist eigentlich ein Graf … Graf Comburg-Rothenburg. Und falls Sie es genau wissen wollen: Erst Ende des 12. Jahrhunderts wurde aus der kleinen Siedlung neben der Burg langsam eine Stadt. Und falls Sie vor Ihren Freunden mal angeben wollen: Die Erhebung von Rothenburg zur Reichsstadt erfolgte im Jahr 1274. Und da hatte mal wieder ein Habsburger seine Finger im Spiel. Heinrich

Toppler haben wir es eigentlich zu verdanken, dass die Stadt so gewachsen ist. Als einer der reichsten Bürger Rothenburgs erwarb er viel Grund, welcher die Expansion der Stadt stark begünstigte und er wurde mehrere Male sogar Bürgermeister. Falls Sie mal privat herkommen, dürfen Sie auf keinen Fall das Topplerschlösschen verpassen. Quasi ein Vogelhäuschen in Wohnhausgröße, aber natürlich auf einem Turm. In Rothenburg geht nichts ohne Türme." Wolski unterbricht ihn: „Und deswegen nennt man Rothenburg auch das fränkische Jerusalem, weil es so viele Türme und Türmchen hat und ein bisschen an den Blick erinnert, den man auch auf den Tempelberg hat. Ich glaube, es sind so an die 50." „46.", kontert Weis und muss grinsen. Wolski, deren lockiges rotes Haar in der Sonne wie Kupfer glänzt, legt den Kopf in den Nacken und stößt einen tiefen, gluckernden Lacher aus, den Weis auf eine liebevolle Art äußerst erheiternd findet. „Sie sind ja ein richtiger Nerd, Herr Kommissar. Wer hätte das gedacht." Peinlich berührt bemerkt Weis wie er errötet. Lange hatte er kein Kompliment mehr von einer Frau bekommen. Aber war das überhaupt ein Kompliment? Egal, irgendwie hat ihn der kurze Faktencheck mit Wolski auf eine intellektuelle Art und Weise zutiefst befriedigt. Er hat ein Faible für intelligente und schlagfertige Frauen und eigentlich war es schon wieder viel zu lange her, dass eine Frau seinetwegen gelacht hat. *Mann, vielleicht hat sie dich auch einfach nur ausgelacht, weil du so ein streberhafter Besserwisser bist.* „Woher haben Sie so viel Hintergrundwissen über dieses beschauliche Städtchen?" Seine Miene verdüstert sich plötzlich, was Wolski nicht entgeht. „Bin hier aufgewachsen.", antwortet er knapp. Sie fragt nicht weiter nach. Den restlichen Weg schweigen sie. Durch das Rödertor folgen sie dem Weg über den kleinen, mit Wasser gefüllten Graben, bis sie wieder auf der Ansbacher

Straße sind, Weis` gestrige Route des Walk of Shames. Schließlich erreichen sie, ohne ein weiteres Wort miteinander gewechselt zu haben, die Rothenburger Polizeiinspektion.

Eberlein hatte ihnen den kleinsten und stickigsten Raum der ganzen Station zugeteilt. Trotz Spätsommer herrschen hier subtropische Temperaturen. Die Klimaanlage ist, wie auch der Rest der in die Jahre gekommenen Einrichtung defekt. Zwischen jeder Menge Akten, Ordnern und veralteten Elektrogeräten, sitzen zusammengepfercht Weis und Wolski und arbeiten. Während Weis in seinen Laptop vertieft ist, kritzelt Wolski auf einem Flipchart herum und markiert einen Stadtplan mit bunten Plastikpins. „Also gut: Was haben wir bisher? Zwei Männer. Zwei Morde. Zwei identische Hinweise und ähm … äußerst rustikale Mordwerkzeuge." „Und mit rustikal meinen Sie wohl mittelalterlich.", ergänzt Weis mit einem oberlehrerhaften Tonfall, woraufhin Wolski eine Augenbraue hochzieht. „Ein Pfahl ist jetzt nicht unbedingt mittelalterlich, meinen Sie nicht?" Er seufzt tief, bevor er zu erklären beginnt. „Nein, ein Pfahl ist nicht per se eine Erfindung des Mittelalters. Aber schauen Sie mal." Auf seinem Laptop öffnet er die Bilddatei des Gepfählten, deren Abbildung auch im Rothenburger Kriminalmuseum zu finden ist. „Das Pfählen ist eine sehr alte Art der Hinrichtung. Erste Aufzeichnungen davon finden sich bereits in den Gesetzen von Hammurabi, eine der ältesten Rechtssammlungen der Menschheitsgeschichte. Dort war das Pfählen für verheiratete Frauen vorgesehen, die ihre Ehemänner töteten, um sich einen Geliebten zu nehmen … oder für Frauen, die abgetrieben haben. Im Mittelalter war die Pfählung oder das Reiten auf dem einbeinigen Ross, wie es damals auch genannt wurde, in Europa sehr verbreitet. Besonders wenn es um das Thema Ehebruch, Unzucht

oder Blutschande ging. Meistens wurden die gefesselten Delinquenten dafür auf dem Rücken liegend lebendig begraben. Anschließend rammte der Henker einen Holzpfahl in der Herzgegend durch den Körper bis in die Erde. Dies wurde getan, um den Verurteilten an den Grund festzuspießen und so zu verhindern, dass er als Untoter wiederkehrt.
Allerdings kam es auch vor, dass man nach dem osteuropäischen Vorbild vorging und den Verurteilten auf den Pfahl setzte und die Schwerkraft walten ließ. Ein Herr hat eine ganze Legende auf das aufgebaut.“ „Dracula.“, fällt ihm Wolski ins Wort. „Ja, fast. Der rumänische Fürst Vlad, der Dritte, Draculea. Hatte eine besondere Vorliebe für besonders grausame Foltermethoden. Ein Pfahl und darauf ein Verurteilter … und fertig war der Pfahl-killt-Vampir-Aberglaube.“ Anerkennend, aber nicht ohne den Anflug ihres schelmischen Lächelns nickt Wolski mit dem Kopf. Der Mann hat

etwas auf dem Kasten, das musste sie neidlos zugeben. „Vielen Dank für die Geschichtsstunde, Herr Professor. Aber wie genau hilft uns das jetzt bei unserem Fall weiter? Soweit ich weiß war Schulz kein Vampir ... - Moment mal." Sie schnappt sich ihren grünen Aktenordner und beginnt wie wild undefinierbare Notizen auf ihr Klemmbrett zu machen. Ihr Gesicht hat einen starren, fast besessenen Ausdruck angenommen, die Lippen sind zu schmalen Schlitzen zusammengepresst, der Blick ist seltsam stechend. Beinahe manisch blättert sie von einer Seite zur nächsten. Es ist, als ob sie in einer Trance wäre. Weis beobachtet sie fasziniert: „Also: Schulz ist verheiratet. Sehen Sie, da steht es. Und sehen Sie hier: Von 2007 bis 2010 war er Assistenzarzt bei Dr. Hänel, eine der wenigen Ärztinnen in Bayern, die Abtreibungen vornimmt. Und dann," jetzt lächelt sie triumphierend, „wäre da noch seine ekelhafte Vorliebe für kleine Mädchen ... ich glaube hier braucht es keine weiteren … Analogien.“ Weis´ Handy schrillt unangenehm laut auf. Beide zucken zusammen. „Hier Kommissar Weis, was gibt es?“ Wolski beobachtet, wie sich die Miene des Kommissars verdunkelt. „Alles klar, ich bin gleich bei Ihnen.“ Er lässt das Handy zurück in seine Jackentasche gleiten und starrt für ein paar Sekunden ins Leere, bevor er anfängt zu reden. „Das war gerade Anja Bergermann vom Kriminalmuseum. Offensichtlich ist heute Nacht ein weiterer Mord geschehen.“

Kapitel 15

Die Türen des Kriminalmuseums sind versperrt, als sie eine halbe Stunde nach dem Anruf davorstehen. Weis wählt Bergermanns Nummer und gibt Bescheid, dass sie vor der Türe sind. Kurze Zeit später öffnet sich diese und gibt den Blick auf eine vollkommen aufgelöste Person frei. „Kommissar Weis, ich bin ja so froh, dass Sie es so schnell hergeschafft haben." Dann ein kurzer, sichtlich verwirrter Seitenblick auf Wolski. Weis beruhigt die gestresste Frau: „Ist schon gut, Frau Bergermann. Danke, dass Sie sich gemeldet haben. Das ist meine Kollegin Karin Wolski, vom Morddezernat München. Wir arbeiten gemeinsam an dem Fall." Anja Bergermann nickt wortlos und bittet die beiden mit einer stummen Geste in das Innere des Museums. Nachdem Weis und Wolski das Kriminalmuseum betreten haben, versperrt sie sofort hinter ihnen mehrfach die Türe, an der ein Schild hängt, dass das Museum aufgrund eines Krankheitsfalles für unbestimmte Zeit geschlossen ist. „Kommissar Weis, danke, dass Sie so schnell gekommen sind … Ich wusste nicht … an wen ich mich sonst wenden sollte … Wenn ich Kommissar Schmidt angerufen hätte, dann würde in einer Stunde ganz Rothenburg Bescheid wissen! Nach dem letzten Skandal mit dem Schandkorb weiß ich einfach nicht, wie es weitergehen soll … und jetzt das hier.“ Sie spricht schnell und ohne Pausen, ihr ganzer Körper zittert, ihr Blick hetzt zwischen Wolski und Weis hin und her. Die Frau scheint unter Schock zu stehen. Weis nimmt sie sanft an den Schultern und führt sie zu einem Sessel, der im Eingangsbereich steht. Er kramt kurz in seiner Tatorttasche herum und fördert eine Flasche Wasser sowie zwei Schokoriegel zu Tage, die er Anja Bergermann gibt. Eine nützliche Angewohnheit, um Zeugen vor der Vernehmung ein bisschen zu erden. Schon Hans Gross, der Gründervater der modernen Kriminologie, hat seinen Schülern dazu geraten, stets ein paar Bonbons in der Tatorttasche parat zu haben. Und tatsächlich beginnt Anja Bergermann an einem der Schokoriegel zu knabbern und dabei tiefer durchzuatmen. Weis geht behutsam vor ihr in die Hocke, damit er ihr direkt in die Augen schauen kann: „Frau Bergermann, bitte sagen Sie mir was hier passiert ist. Versuchen Sie so präzise wie möglich zu sein." Bergermann isst noch den Rest des Schokoriegels fertig, atmet einmal tief durch, räuspert sich und beginnt zu erzählen: „Also gut … Also, ähm, ich war heute schon früher hier, weil ich das Programm für die kommende Tagung fertig schreiben wollte. Die findet ja schon in wenigen Tagen statt … Wobei nach heute kann ich das wahrscheinlich eh vergessen … Die Türe war versperrt, alles war wie immer … wobei ich mir eingebildet habe, dass es im Eingangsbereich ein bisschen komisch gerochen hat …" Weis hackt nach: „Wie definieren Sie komisch?" „Hmm, naja, ein wenig wie kalter Zigarettenrauch … aber irgendwie frischer … wirklich ungewöhnlich ist das nicht, nachdem das Museum geschlossen hat, stehen wir ja sonst auch noch oft hier zusammen und trinken ein Feierabendbier und rauchen dazu eine Zigarette, wenn Herr Dr. Hirsch nicht da ist … auf jeden Fall, ich gehe weiter in mein Büro und schalte den Computer an, mache mir einen Kaffee und schreibe am Programm weiter … da war es circa 9.30 Uhr herum. Irgendwann stehe ich auf, weil ich auf die Toilette muss … und ich, äh, will jetzt nicht zu sehr ins Detail gehen, aber im Gang hatte es sehr unappetitlich gerochen, wie auf einem Bahnhofsklo … einfach widerlich … nun gut, dachte ich mir, vielleicht hat die Putzfrau gestern vergessen zu putzen, kann passieren … Ich will wieder zurück ins Büro, aber entscheide mich dann spontan dazu, schon jetzt die Beleuchtung im Ausstellungsraum einzuschalten, damit ich es nachher nicht vergesse, wenn die erste Führung um 10.30 Uhr stattfindet … gehe also rein und schalte das Deckenlicht an und auch die Beleuchtung für die Vitrinen … ich gehe die Treppen runter, Richtung Verlies und krieg den Schreck meines Lebens. Da sitzt doch jemand!!! Da, auf dem Stachelstuhl. Schnell knipse ich das Licht an und dann …" Hier verstummt Frau Bergermann, ihre Augen starren ins Leere, sie beginnt aufs Neue zu zittern, ihre Hände nesteln nervös an der Verpackung des Schokoriegels herum. Wolski und Weis werfen sich einen Blick zu. „Gut, Frau Bergermann, vielen Dank für Ihren Bericht. Wir werden uns jetzt einmal ansehen, was Sie da unten gefunden haben. Bitte seien Sie so gut und bleiben Sie solange hier, wir kommen dann wieder." Sie nickt stumm. Die beiden Kommissare schnappen sich ihre Tatortkoffer und fischen ihre Handschuhe heraus, die sie beinahe zeitgleich überziehen. Zeit, sich an die Arbeit zu machen.

Als sie die Treppe Richtung Keller betreten, weht ihnen ein eigenartiger Geruch entgegen. Die miefig feuchte Kellerluft vermischt sich mit einem anderen, penetranteren Geruch. Der ätzende Geruch von Ammoniak wird mit jedem Schritt intensiver. Es sind die Ausdünstungen von menschlichen Ausscheidungen, die ihnen das Atmen schwer machen. Der Stachelstuhl steht direkt am unteren Treppenabsatz. Sie erkennen die zusammengesunkene, menschliche Gestalt schon von weitem. Wolski ist als erste bei ihr, sie legt einen Finger an ihren Hals und hält ihr einen kleinen Taschenspiegel unter die Nase. Dann wartet sie kurz. „Nicht, dass ich daran gezweifelt hätte, aber der Bursche ist tot." Unter dem Stuhl hat sich eine dunkle Lache getrockneten Blutes gesammelt. Wolski tritt einen Schritt zurück, zückt ihr Smartphone und beginnt zu fotografieren.

Weis tut es ihr gleich. Beide reden während der gesamten Untersuchung des Tatortes kein Wort miteinander. Still und einträchtig arbeiten sie nebeneinander her, ohne sich in die Quere zu kommen. Sie sind ein effizientes Team, das muss Weis zugeben, auch wenn sein innerer Steppenwolf gerne gegen diese Art von Teamarbeit rebellieren würde. Nach einiger Zeit beginnt Wolski ihrem Smartphone zu diktieren: „Bei dem Opfer handelt es sich um einen Mann zwischen 20 und 30 Jahren, Ethnizität: kaukasisch, auffallend magerer Körper, Tätowierungen an Beinen und Unterarmen. Mehrere Einstichwunden an Arm- und Beinvenen, was die Vermutung nahelegt, dass es sich bei dem Opfer um eine rauschgiftsüchtige Person handelt. Vermutete Todesursache: Tod durch Verbluten. Er wurde gefesselt an einem sogenannten Schand- oder Stachelstuhl im Keller des Rothenburger Kriminalmuseums gefunden. Dieser Schandstuhl wurde, laut der dazugehörigen Infotafel einst dazu verwendet, um den Angeklagten zu einem Geständnis zu bewegen. Sie waren Teil der sogenannten peinlichen Befragung. Dieser Armsessel aus Holz ist im Rücken, Sitz, den Armlehnen sowie den Fußbrettern mit Holzspitzen versehen, die sich durch das Gewicht des Angeklagten immer tiefer in dessen Fleisch bohrten. Die Menge an Blut, die wir hier vorgefunden haben, lässt allerdings Zweifel zu, ob dem Opfer nicht noch zusätzlich Schaden zugefügt wurde. Das Opfer hat sich vermutlich eingestuhlt, seine Hose ist bräunlich verfärbt, der Tatort riecht streng nach diversen menschlichen Ausscheidungen. Außerdem wurde dem Opfer eine kleine Karte beigelegt auf der folgende Worte zu lesen sind: Abundans cautela non nocet" Hier unterbricht Weis: „Ein weiterer lateinischer Spruch ... Wir haben es also scheinbar wieder mit demselben Täter zu tun.", murmelt er und zückt sein Handy, um es nach der Übersetzung zu befragen. „Überflüssige

Vorsicht schadet nicht.“, kommt ihm Wolski zuvor. *Gibt es eigentlich irgendetwas, das diese Frau nicht kann?*

Kapitel 16

Zwei Stunden später wimmelt es nur so vor lauter Menschen im Rothenburger Kriminalmuseum. Natürlich kann man einen Mord nicht lange geheim halten, zu viele Dinge müssen erledigt werden. Ein Arzt muss das Opfer für tot erklären, der Tatort muss abgesperrt werden und das Opfer schließlich auch in die Gerichtsmedizin transportiert werden. Schmidt und seine Kollegen schwirren umher wie fleißige Bienchen. Dass Weis und Wolski bereits den Tatort untersucht haben, müssen sie nicht wissen. Weis ist froh, dass ihnen Anja Bergermanns Anruf wenigstens einen Vorsprung in Sachen Tatortuntersuchung gewährt hatte. Wolski und er hatten gefunden, was sie brauchten. Dass es sich beim Täter um denselben handelt, der auch für die letzten beiden Morde verantwortlich war, daran bestand jetzt kein Zweifel mehr. Zu sehr ähneln sich die Morde, zu eindeutig sind die am Tatort hinterlassenen Botschaften. Was Weis und Wolski nun quält ist die Frage nach dem Warum. Sie haben sich inzwischen wieder in ihre kleine Abstellkammer in der Rothenburger Polizeistation zurückgezogen und werten das Material ihrer Untersuchungen aus. Wolski hat den Abdruck eines linken Schuhs an der untersten Kellertreppe sicherstellen können. Offensichtlich war der Täter beim Verlassen des Raumes in die Urinlache getreten, die sich unter dem Opfer gesammelt hatte. Der Schuh weist das gleiche Relief auf, wie der Fußabdruck, den Weis unten am Fluss sicherstellen konnte. Das ist eine erfreuliche Entdeckung, schließlich erhärtet sich dadurch der Verdacht, dass sie es mit einem Einzeltäter zu tun haben. Jetzt heißt es, auf die Identität des letzten Opfers zu warten. Weis ist schon seit einigen Stunden noch schweigsamer als gewöhnlich. Als die beiden eine Pause einlegen, einen grässlichen Kaffee aus dem Automaten trinken und die letzten Sonnenstrahlen draußen am Parkplatz genießen, spricht ihn Wolski direkt darauf an: „Ist alles in Ordnung bei Ihnen, Herr Weis?“ Wie, als ob er aus einer Trance erwacht wäre, schreckt er auf und blinzelt sie an. Die untergehende Sonne blendet ihn, der Kaffee schmeckt grauenhaft und der Kater plus chronischen Schlafmangel der letzten Nacht fordern ihren Tribut. Er ist müde, unendlich müde. Und außerdem gibt es da einen Gedanken, der ihm einfach nicht aus dem Kopf gehen will. „Ja …“, er räuspert sich ein paar Mal, um seine Stimme wiederzufinden. „Ja, ich bin nur etwas müde und …“ Hier stockt er kurz. Wie weit könnte er gehen? Wäre es klug, ihr von seinem Erlebnis gestern Nacht zu erzählen? Würde Sie ihm glauben, oder als verrückten Alkoholiker abstempeln, dem man schleunigst seine Dienstmarke entziehen sollte? Wolski sagt nichts, sie schaut ihn einfach nur an. Irgendwas in ihrem Blick gibt Weis das Gefühl von Sicherheit und Geborgenheit. *Diese Augen … Dieser Blick … Wie Miriam … aber irgendwie … ruhiger …* Mit angewidertem Gesicht schüttet er sich den letzten Rest des mittlerweile kalt gewordenen Kaffees in seine ausgetrocknete Kehle. Dann beginnt er zu erzählen. Er weiß selbst nicht, warum, aber die Worte scheinen förmlich aus ihm herauszusprudeln. „Also gut … Gestern Nacht. Ich glaube … Ich glaube, ich bin dem Mörder begegnet." Wolski zieht erstaunt die Augenbrauen hoch, aber sagt nichts. Er findet es schön, dass sie ihn nicht unterbricht. „Das Problem ist, dass ich mir nicht mehr sicher bin, was genau passiert ist … Wissen Sie, gestern hätten meine Ex und ich unseren 15-jährigen Jahrestag gefeiert." Das war gelogen, aber er verspürt das dringende Bedürfnis den folgenden Teil seiner Erzählung irgendwie zu legitimieren. „Auch auf die Gefahr hin, dass Sie jetzt von mir denken, dass ich jedes Klischee eines alternden, vom Schicksal gebeutelten Ermittlers geradezu lächerlich genau entspreche, muss ich zugeben, dass ich gestern aus sentimentalen Gründen möglicherweise etwas zu tief ins Glas geschaut habe. Gegen Mitternacht habe ich dann Hunger bekommen und bin zu der Tankstelle in der Ansbacher Straße gegangen, um mir einen traurigen Snack zu gönnen … und dort habe ich gesehen, wie ein ziemlich athletischer Mann zwei Stangen Menthol-Zigaretten gekauft hat … Jedenfalls glaube ich, dass er das tat." Weis schaut betreten auf den Boden und scharrt mit dem linken Fuß ein Häufchen Kieselsteine zusammen. Übersprungshandlung nennt man das im Tierreich. Wolski wirft ihm einen leicht irritierten Blick zu, den er zwar spürt, aber nicht erwidert. *Ja, Armin, mach noch ein Häufchen, schau nur nicht auf. Gott, warum musstest du das jetzt erzählen?* „Herr Kommissar, ich verstehe nicht ganz … Wie kommen Sie darauf, dass diese Person der Mörder war, weil sie zu Mitternacht Menthol-Zigaretten an der Tankstelle gekauft hat?" *Aber natürlich. Es gab ja offiziell keinen Zigaretten-Stummel im Bericht. Wie dumm von dir, Armin.* „Als ich an den Tatort unten am Fluss zu Tom Deckers Leiche gerufen wurde, habe ich in unmittelbarer Nähe zum Ort des Verbrechens den Stummel einer Menthol-Zigarette gefunden. Ich habe ihn eingetütet und in meinen Tatortkoffer gelegt. Dann wurde ich kurz zu den Autos gerufen und als ich zurückkam war der Stummel verschwunden." Jetzt wirft Wolski ihm einen Blick zu, als ob er ihr gerade dazu geraten hätte einen Aluhut aufzusetzen, um sich vor feindlichen Lauschangriffen aus der 5. Dimension zu schützen. *Na toll, du bist jetzt offiziell so glaubwürdig wie das orange Männchen, dass Amerika regierte.* „Schauen Sie, ich weiß, wie sich das jetzt anhört. Besoffener Kriminalbeamte kann Rausch von Wirklichkeit nicht unterscheiden und phantasiert irgendetwas zusammen. Aber ich weiß, was ich gesehen habe. Und ich weiß auch, dass es heute im Kriminalmuseum wieder nach einer Menthol-Zigarette gerochen hat und dass die aber seit einigen Monaten nicht mehr verkauft werden dürfen. Es mag vielleicht ein dünner Strohhalm sein, an den ich mich klammere, aber nichtsdestotrotz muss ich in dieser Sache auf mein Bauchgefühl hören." Beide schweigen jetzt. Die Pause scheint sich in die Unendlichkeit zu ziehen. Nach einer gefühlten Ewigkeit dreht sich Wolski um und geht wortlos zurück in die Polizeistation. Weis bleibt noch einen Augenblick zurück und bereut es bitter, sich geöffnet zu haben. Zusätzlich fühlt er sich schuldig. Was, wenn das gestern Nacht wirklich der Mörder gewesen war? Vielleicht war er gerade auf dem Weg ins Kriminalmuseum gewesen, um dort sein nächstes Opfer auf abscheuliche Art und Weise zu ermorden. *Ich hätte ihn aufhalten können. Hätte ihn stoppen können. Wenn ich nur nicht so viel ge-*

trunken hätte und noch Herr über meine Sinne gewesen wäre ... Vielleicht würde der arme Teufel noch leben und nicht wie ein ausgeblutetes Schwein im Kriminalmuseum elend abgekratzt sein. Du hast ein Leben auf dem Gewissen, Armin ... Und Wolski hält dich für einen unzurechnungsfähigen Spinner. Gratuliere, und wieder einmal hast du dir selbst und anderen einzig und alleine durch deine Existenz den Tag vermiest. Diese und ähnliche Gedanken begleiten den niedergeschlagenen Weis auf seinem Weg zurück ins Hotel. Vor der altfränkischen Weinstube haben sich wieder einige Gäste zu einem abendlichen Drink zusammengefunden. Nach Bier ist Weis heute jedoch definitiv nicht zumute. Gerade als er das Hotel betreten will, fällt sein Blick auf einen Tisch, an dem eine Familie sitzt und ein Brettspiel spielt. Er sieht die Umrisse einer Burganlage auf dem Spielbrett, das jüngere der beiden Kinder ist gerade dabei seine Figur auf den Platz „Gespenster-Feld“ zu schieben. Erst jetzt sieht Weis, dass auf der Fahne der Burg der Name Rothenburg und das dazugehörige Wappen prangert. Das kleine Mädchen quietscht vergnügt auf: „Das Gespenst hat dich gefangen!" Die Verpackung, die neben der Mutter auf der Bank liegt, gibt Auskunft: *Spuk in Rothenburg. Das schaurig-schöne Familienspiel.* Wenigstens die Kleinen scheinen ihren Spaß zu haben. Beim Anblick der fröhlichen Kindergesichter, kann sich sogar Weis ein kleines Lächeln nicht verkneifen. Vielleicht ist doch nicht alles schlecht auf dieser Welt.

Kapitel 17

Am nächsten Morgen zeigt sich Rothenburg von seiner düsteren Seite. In der Nacht sind dunkle Wolken aufgezogen, es regnet jetzt schon seit den frühen Morgenstunden. Nebel zieht über das Taubertal, es ist Herbst geworden. Weis fröstelt, als er gegen halb 7 aus einem tiefen, traumlosen Schlaf erwacht. Gestern Abend hat er das Fenster geöffnet gelassen, da er nicht mit so einem Wetterumschwung gerechnet hat. Als er aus dem Fenster blickt, wirkt die Stadt grau, trist und schroff. So wie er sie in Erinnerung hat. Sein Diensthandy vibriert. Es ist Karin Wolski. *Schläft diese Frau denn nie?* „Guten Morgen, Wolski. Noch oder schon wach?“ Sie scheint seinen bemüht komischen Kommentar zu ignorieren und kommt gleich zur Sache. *Das Wetter ist offensichtlich nicht das einzige, das sich über*

Nacht merklich abgekühlt hat. „Beim letzten Opfer auf dem Stachelstuhl handelt es sich um Kevin Wendler, ein Kleinkrimineller aus Rothenburg mit einem Hang zu opiumhaltigen Schmerzmitteln. Drei Therapien abgebrochen. Stammt aus stark zerrütteten Familienverhältnissen. Mutter amtsbekannte Drogenabhängige und Prostituierte, der Vater ebenfalls ein Rauschgiftsüchtiger. Kevin hat sich vor allem dem Vergehen der Beschaffungskriminalität strafbar gemacht, mehrere ältere Herrschaften mittels Enkeltrick um ihr Erspartes gebracht, viele kleine Einbrüche und Diebstähle, Drogendelikte, quasi die klassische Laufbahn einer von Anfang an verfluchten Existenz. Er ist an einem Schock gestorben, ausgelöst von dem starken Blutverlust. Anscheinend hat er irgendwelche Blutverdünner zu sich genommen, weshalb er auch so stark geblutet hat. Außerdem wurde ihm die Nase gebrochen. Pädophile Neigungen hatte er definitiv keine.“ Weis rollt enttäuscht mit den

Augen: „Sind Sie sicher? Also kein weiterer Fall von Vendetta?“ „Herr Kommissar, ich habe Ihnen schon bei unserem ersten Treffen gesagt, dass Decker ebenfalls kein Pädophiler ist. Wieso sind Sie so versessen darauf aus dieser Geschichte einen Kreuzzug gegen das Böse zu machen? Schön, Schulz‘ Beweislast in diesem Belangen ist bedrückend, aber weder Decker noch Wendler hatten damit etwas zu tun.“ „Schon gut, schon gut … Man hat mir nur kurz vor Ihrer Ankunft gesagt, dass beide involviert waren in … Sie wissen schon.“ Schweigen am anderen Ende der Leitung. „Weis, ich muss Ihnen was sagen. Glauben Sie nicht alles, was die Ihnen sagen … Oder warum denken Sie, wurden sowohl Sie als auch ich von München hierherbeordert … Sie hatten übrigens recht mit Ihrer Theorie. Als Sie sich mit Bergermann unterhalten haben, habe ich den Vorraum noch einmal gründlich untersucht und habe unter dem Tresen Spuren gefunden, die auf das Ausdämpfen einer Zigarette hingewiesen haben. Die Spuren waren frisch, der Geruch im Raum war es auch. Nachdem Sie mir erzählt haben, was Sie am Tatort entdeckt und an der Tankstelle erlebt haben, wollte ich es zuerst nicht glauben, da ich Ihre Aussage aufgrund Ihrer Alkoholisierung nicht für glaubwürdig hielt. Aber die Proben der Zigarettenüberreste im Kriminalmuseum haben ein eindeutiges Ergebnis geliefert: Auch bei dieser Zigarette hat es sich um eine Menthol-Zigarette gehandelt. Weis, ich habe kein gutes Gefühl bei der Sache. Ich kann Ihnen zurzeit nicht mehr sagen, aber vertrauen Sie niemandem …" „Nicht einmal Ihnen?", fragt er neckisch. „Nicht einmal mir." Dann wird die Verbindung unterbrochen. Wolski hat aufgelegt und lässt Weis allein mit seinen Gedanken zurück.

Beim Frühstück blättert Weis gedankenverloren in einer lokalen Tageszeitung, die jemand an seinem Platz liegen gelassen hatte.

Er schaut nicht einmal richtig hin, sondern überfliegt nur desinteressiert die Überschriften. Doch als er bei den Leserbriefen angelangt ist, ziehen mehrere seine Aufmerksamkeit auf sich. In besagten Schreiben danken verschiedene Verfasser dem unbekannten „Helden" und „Retter von Rothenburg" für seinen Einsatz zur Wiederherstellung von Recht und Ordnung. Ein Schreiber verweist auf Schulz` und Deckers pädophile Neigungen und schließt seinen Brief damit ab, wenn der Staat den Bürgern nicht hilft, die Bürger sich selbst zu helfen wissen. *Was soll denn das? Decker ist doch kein Pädophiler, woher haben die Menschen diese falsche Information? Und warum verbreiten sich diese Lügen so schnell in der ganzen Stadt? Irgendetwas stimmt hier ganz und gar nicht. Und jetzt wird dieser kranke Killer auch noch als Held und Retter von Rothenburg gefeiert. Bin ich denn im falschen Film?* Sichtlich irritiert legt Weis die Zeitung beiseite und geht zurück auf sein Zimmer. Heute würde ihm noch ein langer Tag bevorstehen.

Wolski hatte Weis nach dem Frühstück geschrieben, dass sie sich heute lieber nicht in der Polizeistation treffen wollte. Stattdessen hatte sie einen separaten Raum im Kriminalmuseum vorgeschlagen, den ihnen freundlicherweise von Frau Bergermann zur Verfügung gestellt wurde. Weis war einverstanden. Nach ihrem Telefonat war er nicht besonders erpicht darauf, den Kollegen in der Polizeistation über den Weg zu laufen. Wolskis Worte hatten ihm das bestätigt, was er schon vom Beginn seiner Ermittlungen vermutet hatte: Er war allein auf weiter Flur. Als er im Kriminalmuseum eintraf, war es kurz vor 8 Uhr morgens. Wolski war schon tief in die Arbeit versunken. Sie hatte mehrere Flipcharts aufgestellt, auf denen sie Fotos, Landkarten und andere Daten geheftet und geschrieben hatte. In dem kleinen Konferenzraum sieht es aus wie aus einer

Szene von CSI: Miami. Weis ist beeindruckt von Wolskis Arbeitseifer. „Nun denn, Frau Kollegin, schießen Sie mal los.", ruft er fröhlich und lässt sich in einen kleinen Drehsessel am unteren Ende des Tisches fallen. Darauf scheint Wolski nur gewartet zu haben, ihre Augen funkeln wie wild und die Wörter sprudeln nur so aus ihr heraus: „Also, ich war die ganze Nacht wach und habe mich durch Zeugenaussagen, Akten, Biografien, etc. gearbeitet. Ich bin zu dem Schluss gekommen, dass sich die Opfer sicherlich nicht gekannt haben. Decker und Schulz haben zwar die gleiche Schule besucht, damals Ende der 70er Jahre, aber es gibt keinen Hinweis auf eine darüberhinausgehende Bekanntschaft oder gar Freundschaft. Wendler ist sowieso weder vom Alter noch vom sozialen Status auch nur ansatzweise in deren Nähe zu verorten. Trotzdem muss es irgendeine Verbindung zwischen den dreien geben. Einen Missing Link, der erklärt, warum diese drei absolut unterschiedlichen Männer auf so grausame Art und Weise den Tod gefunden haben. Also, die Männer sind sich fremd, auch die Todesursachen unterscheiden sich, aber überall wurde ein Zettel mit einem lateinischen Spruch gefunden, der auf dem antiken römischen Recht basiert. Außerdem, und jetzt wird es interessant, finden wir alle Mordwaffen beziehungsweise deren Abbildung im Rothenburger Kriminalmuseum wieder.“ Jetzt steht sie auf und geht zum Flipchart, das links in der Ecke steht. Sie zeigt auf drei Fotos, die jeweils ein mittelalterliches Folterszenario illustrieren. „Der Gepfählte. Der erste Mord im Burggarten. Die Tatwaffe stammt zwar nicht aus dem Kriminalmuseum selbst, aber dort findet sich eben diese Abbildung eines Gepfählten. Das Pfählen bei lebendigem Leib galt im Mittelalter als Strafe für besonders grausame Verbrechen. Wir haben also Moritz Schulz, der aufgespießt im Burggarten auf einem Pfahl steckt. Warum sollte jemand einen stadtbekannten Arzt töten wollen? Und dazu der Spruch: Ultima Ratio, der letzte Lösungsweg. Sozusagen der letzte Ausweg in einem Interessenskonflikt, wenn zuvor alle sonstigen Lösungsvorschläge verworfen wurde. Passt meiner Meinung nach sehr gut zu Schulz, wenn man bedenkt, was er in seiner Freizeit so getrieben hat …“ Sie geht zum nächsten Flipchart, sie wirkt geradezu energetisiert. „Der nächste Mord. Das Opfer: Tom Decker. Hier wurde ein großer Aufwand betrieben. Das Opfer wurde betäubt und anschließend in den Käfig verfrachtet, ein sehr gefährliches Unterfangen, da der Täter hier jederzeit von einem Passanten hätte überrascht werden können. Offensichtlich war es ihm wichtig, das Opfer auch symbolisch an den Pranger zu stellen. Decker hatte in seinen Augen etwas getan, das Unrecht war, das öffentlich bloßgestellt und bestraft werden musste. Aber was konnte das sein? Die Errichtung des schlampig gebauten Altersheims? Ist das

Grund genug, um jemanden zu töten?" Mit einer frustrierten Geste schlägt sie die Hände über dem Kopf zusammen und lässt sich theatralisch in den Stuhl links von Weis fallen. „Ich verstehe, dass man Schulz für seine Taten büßen lassen wollte, aber Decker? Das ergibt einfach keinen Sinn. Nicht, dass er ein sonderlich sympathischer Zeitgenosse gewesen wäre, aber ihn auf so grausame und vor allem wirkmächtige Art und Weise zu töten, das kommt mir absolut überzogen vor. Vor allem, weil ich wirklich nichts in seinen Akten und in seiner Vergangenheit finden konnte, das einen Hinweis auf ein gröberes Vergehen geliefert hätte … Vielleicht war er nur zur falschen Zeit am falschen Ort. Möglicherweise hat der Täter einfach nur Freude am Töten und wir unterstellen ihm fälschlicherweise eine Art moralischen Rachefeldzug." Schweigend hat Weis ihr zugehört bis sie ausgeredet hat. „Und was ist mit dem letzten Opfer?" Sie stößt einen frustrierten Stöhner aus: „Auch nichts. Also keine Hinweise auf Vergehen, die über die übliche Beschaffungskriminalität hinausgehen. Wendlers Überfälle waren weder von besonderer Klugheit noch Brutalität gekennzeichnet, ehrlich gesagt wundert es mich, dass er überhaupt etwas erbeutet hat. Keines seiner Opfer wurde körperlich von ihm bedroht. Kevin war sicherlich kein besonders edler Mensch, aber definitiv kein kaltblütiges Monster, dem dringend ein Riegel vorgeschoben gehört … Ich befürchte wir müssen uns von unserer These verabschieden, dass der Täter irgendeinen höheren Sinn mit diesen Morden verfolgt hat und der Tatsache ins Auge sehen, dass wir es mit einem kaltblütigen Killer zu tun haben, dessen einziges Motiv, die Freude am theatralischen Töten und Foltern seiner Opfer ist." Jetzt schweigen beide und starren mit unheilvollen Mienen in ihre Kaffeebecher. *Also dann, alles auf Anfang.*

Roten Burg

Kapitel 18

Es dämmert bereits, als Wolski und Weis das Kriminalmuseum verlassen. Den ganzen Tag betrachteten sie Fotos, grübelten über Akten, und entwarfen eine Unmenge von Thesen und Szenarien, die sie im Endeffekt alle wieder verwarfen.
Sie befragten auch etliche Personen, die in verschiedenen historischen Vereinen tätig sind, und Geschäftsleute, die mit antiken Waffen handeln. Doch niemand konnte ihnen einen konkreten Hinweis zu einem passenden Verdächtigen oder zu einem Motiv geben. Oder wollten die Rothenburger keine Unterstützung leisten?
Sie kamen zur Conclusio, dass sie es mit einem hochgradig gefährlichen und möglicherweise auch psychisch kranken Täter zu tun hatten, der seine Opfer willkürlich aussuchte, um seinen kranken Trieben Be-

friedigung zu verschaffen. Die einzigen Anhaltspunkte waren, dass alle bisherigen Getöteten männlich waren und aus Rothenburg stammten. Das bedeutete, jeder könnte sein nächstes Opfer werden. Wenigstens hatte Wolski auf Basis der wenigen Informationen, die sie an den Tatorten über den Täter sammeln konnten, ein provisorisches Täterprofil erstellen können. Aufgrund der beiden Fußabdrücke schätzte sie, es müsse sich um einen Mann handeln, der mindestens 1,90 m ist und eine stattliche Figur aufweist. Da er die Opfer vor der Tat betäubt und die bewusstlosen Männer an die jeweiligen Tatorte gebracht hat, muss er über eine große körperliche Stärke verfügen. Es sei denn er hatte einen Komplizen, aber diese These wurde von Wolski verworfen. Alle Anzeichen deuteten für sie auf einen Einzeltäter hin. Neben dem Schuhabdruck waren da noch die Zigarettenstummel sowie die lateinischen Botschaften, die er an jedem Tatort hinterlassen hatte. Zwar

war die Hinterlassenschaft von lateinischen Sprüchen in Zeiten von Google kein Hinweis auf einen Vertreter des Bildungsbürgertums, es war jedoch ein Indiz, welches sie nicht außer Acht lassen durften. Alles in allem konnte man getrost sagen: Sie hatten keine Ahnung mit wem zum Teufel sie es eigentlich zu tun hatten. „Und jetzt?", hatte er sie gefragt, „Was tun wir jetzt? Herumsitzen und Däumchen drehen, bis er sein nächstes Opfer zur Strecke gebracht hat?" Wolski zuckte nur resigniert mit den Schultern und warf ihm einen Blick zu, der ihn veranlasste, keine weitere sarkastische Bemerkung mehr zu machen. Gegen 20 Uhr trennten sich ihre Wege, Wolski blieb noch im Kriminalmuseum, um bürokratischen Kram zu erledigen und Weis spazierte durch das verregnete Rothenburg zurück zur Altfränkischen Weinstube. *Vielleicht nur ein Gläschen?*

Aus einem Gläschen werden schließlich fünf und Weis spürt, wie sich sein innerer Dämon reckt und streckt und seine grässlichen Klauen nach ihm ausfährt. *Die Schreie in dir, die hörst nur du selbst. Und nur du alleine kannst dir helfen.* Sein Kopf wird langsam schwer von dem süßen Wein, aber heute würde er sich nicht so gehen lassen. Die Erinnerungen an die letzte Nacht an der Tankstelle bereiten ihm immer noch Unbehagen. Noch sitzt er angezogen auf seinem Bett, die Beine lässig überschlagen, der Fernseher läuft tonlos im Hintergrund. Ein Beobachter von außen würde an dieser Szene nichts Seltsames finden können, aber in Weis brodelt es. *Du hättest ihn retten können und das weißt du. Wolski weiß das auch. Wenn du dich nicht so volllaufen hättest lassen, wenn du Herr deiner Sinne gewesen wärst, dann hättest du damals an der Tankstelle geistesgegenwärtig handeln und diesen mysteriösen Mann zur Rede stellen können. Dein Gefühl, Armin, das hat dich noch nie im Stich gelassen.*

Du hast gespürt, dass da was falsch ist. Hast das Unheil gefühlt. Aber du warst zu benebelt, um zu reagieren. Diese Schreie in dir, die nur du hörst, versuchst du jetzt schon viel zu lange mit Alkohol zu betäuben. Aber ohne Erfolg. Es wird mit jedem Mal nur schlimmer. Dieser arme Teufel könnte noch leben, wenn du dich nicht von deinen Dämonen fressen lassen würdest. Selbst wenn er ein Junkie war, eine Randfigur der Gesellschaft, hatte er trotzdem das Recht auf Leben. Wer weiß, vielleicht war er gerade dabei die Kurve zu kriegen … Armin, du hast es verkackt, du hast es so richtig verkackt … Aber heute würde er den Dämonen keine Bühne geben, auf denen sie sich austoben könnten. Schnell stopft er sich noch den restlichen Inhalt einer Packung Chips in den trockenen Mund, steht schwankend auf und zieht sich seine Jacke an. Ein kleiner Regenspaziergang würde ihn wieder ausnüchtern und auf andere Gedanken bringen. Feuchte Luft schlägt ihm entgegen, als er die Altfränkische Weinstube verlässt und über den Klosterweth in Richtung Klingentor spaziert. Hinter dem Durchgang ragt der klobige Kirchturm der Wehrkirche St. Wolfgang düster und beinahe bedrohlich in die Höhe. Weis erschaudert leicht, als er das Tor passiert. Irgendetwas an diesem Ort war ihm immer schon verdammt suspekt gewesen. Dabei ahnt er gar nicht, was sich hier am gestrigen Abend zugetragen hatte …

Kapitel 19

Einen Tag zuvor …

Der letzte Gong der mitternächtlichen Glocke der Stadtkirche St. Jakob verhallt in der nächtlichen Dunkelheit. Trotz der sommerlichen Tagestemperaturen ist es mittlerweile bereits sehr frisch in der Nacht. Bis auf vereinzelte Straßenlaternen ist es stockfinster, kein Mond steht am Himmel, nur die Sterne funkeln kalt am dunklen Firmament. *Huh-Huh-Huuh.* Der Ruf eines aufgeschreckten Käuzchens untermalt die nächtliche Stimmung. Niemand ist mehr unterwegs, die Rothenburger schlafen tief und fest in ihren Betten und beachten die dunkle Gestalt gar nicht, die gerade die Judengasse entlang eilt und auf die Klingengasse abbiegt. Lautlos durchquert sie den Durchgang des über dreißig Meter hohen Stadtturms Klingentor, der über eine Wand mit der Wehrkirche St. Wolfgang verbunden ist. Dieser imposante spätgotische Bau, der eher an eine Wehranlage als an eine Kirche erinnert und von den Einwohnern auch Schäferskirche genannt wird, weil sie auf einem ehemaligen Betplatz von Schafhirten errichtet wurde, war auch das Ziel der dunklen Gestalt. Vorsichtig nähert sie sich einem Portal, welches direkt über die Stadtmauer erreichbar ist. Die Gestalt dreht sich noch einmal um, um sicherzugehen, dass ihr niemand gefolgt ist und holt leise einen großen Schlüssel aus massivem Eisen aus der Jackentasche. Der Schlüssel gleitet lautlos ins Schloss, ein letzter Blick über die Schulter, dann betritt sie das Gotteshaus.

Das Innere der Kirche ist nicht beleuchtet. Durch die gotischen Spitzbogenfenster schimmert das weiche Licht der Nacht hindurch und lässt das Innere der Kirche in einem gespenstischen Zauber erscheinen. Die Augen der Heiligenfiguren sind in dem diffusen Licht zwar nicht zu erkennen, aber ihre Blicke scheinen den Mann stumm zu verfolgen. Vereinzelt flackern rote Lichter, die sogenannten Opferkerzen, und unterstreichen die mystische Stimmung, die das nächtliche Gotteshaus ausstrahlt noch zusätzlich. Er geht zügig am Hauptaltar vorbei und durch die Sakristei hindurch. Nur wenige Leute wissen, dass es über dieser Sakristei einen geheimen Raum gibt. Dieser Raum ist von allen Seiten zugemauert, nur zwei kleine Sehschlitze erlauben einen verborgenen Blick nach außen. Normalerweise ist dieser Raum für die Öffentlichkeit nicht zugänglich und wird auch von der evangelischen Glaubensgemeinschaft nicht genutzt. Aber einer der Männer, ein Beamter bei der Stadtverwaltung, hat ihn bei der Sichtung von alten Plänen entdeckt und in einer geheimen Nacht- und Nebelaktion einen geheimen Zugang errichten lassen. Obwohl der geheime Raum nur wenigen Personen Platz bietet, ist er der ideale Ort für ihre

mitternächtlichen Treffen. Die Schlitze der Fenster werden sorgfältig verhangen und die Laternen gelöscht, nur einige Kerzen erleuchten den Raum, damit niemand weiß, was hier oben eigentlich passiert. Er klopft sacht gegen die massive Steinmauer, die daraufhin lautlos aufgleitet. Beim Bau des geheimen Zugangs wurde nichts dem Zufall überlassen. Dann eine bekannte Stimme aus der Dunkelheit. „Du kommst zu spät." „Ich weiß, es tut mir leid … Der Kleine wollte einfach nicht einschlafen … Du weißt ja, wie das so ist." „Jaja, die lieben Kleinen … So, rein hier jetzt."
„Denkt ihr wirklich, dass das angebracht ist?" Er legt die Stirn in Falten und hat die Arme vor der Brust verschränkt. „Also, alles was recht ist, aber ich finde, das geht zu weit." Sein Sitzpartner links von ihm fährt erbost auf: „Was heißt hier zu weit? Findest du in Ordnung, was sich dieses Element geleistet hat? Und, das will ich betont haben, das war nicht das erste Mal. Und es wird

auch nicht das letzte Mal sein!" Der schlanke Mann schräg von ihm, pflichtet dem Älteren bei: „Ich sehe das genauso. Er hatte mehr als ein Dutzend Chancen bekommen sich zu bessern. Ihm wurden bezahlte Schlafplätze, Essen, medizinische Versorgung und mehrere Therapien angeboten. Aber es nutzt alles nichts. Jetzt war es nur ein Kiosk, in dem er der verängstigten Verkäuferin die Abendkasse abgenommen hat, aber wie soll das weitergehen? Als nächstes steigt er dann in Privatwohnungen ein und zieht alten Damen eins über die Mütze, um an ihr Erspartes zu gelangen? Nein, ich gebe Hans hier vollkommen recht. Diesem Treiben muss Einhalt geboten werden! Diesem Bürschchen gehören die Leviten gelesen, und zwar ordentlich. Vielleicht versteht er dann endlich, warum schon in den zehn Geboten geschrieben stand: Du sollst nicht stehlen!" Doch der etwas beleibtere Herr, der zuvor seine Bedenken geäußert hat, lässt sich nicht so schnell überzeugen. „Meine Herren, ich sage nicht, dass ich sein Handeln in irgendeiner Weise gutheiße. Aber bleiben wir mal mit der Kirche im Dorf. Der Junge ist ein Drogensüchtiger, ein Junkie, ein klassischer Kleinkrimineller, der in den letzten Jahren ein paar kleinere Diebstähle begangen hat, um sich seine Sucht zu finanzieren. Hier mal eine Vereinskasse, dort mal ein Zeitungsständer … Auch die Kassiererin hat er nicht ernsthaft bedroht … Ich arbeite nun schon gut fünf Jahre an diesem Fall und ich kann mit reinem Gewissen sagen, dass von diesem Jungen keine ernsthafte Gefährdung für das Allgemeinwohl ausgeht … Er kommt aus schwierigen Verhältnissen, hat seinen Vater nie kennengelernt, die Mutter ist eine Prostituierte … Er fühlt sich verloren und einsam und wer kanns ihm verübeln? Solche Menschen wird es immer geben." Der neu dazugekommene Familienvater unterbricht ihn. „Aber nicht hier in Rothenburg. Wir haben keinen Platz für solche Subjekte. Ich habe drei Kinder, der Jüngste ist gerade mal vier Monate alt. Glaubst du, ich möchte, dass da plötzlich so ein irrer Rauschgiftsüchtiger in der Nacht in meinem Wohnzimmer steht und nach Kleingeld Ausschau hält, um seinen nächsten Schuss zu finanzieren? Und sich von mir oder meiner Frau gestört fühlt und im Affekt zur Waffe greift? Nein, das will ich nicht." Dann wendet er sich noch einmal dezidiert an den dicklichen Mann und grinst in süffisant an: „Und außerdem weiß ich wie chronisch unterbesetzt ihr seid, bis du einen deiner Kollegen vorbeigeschickt hast, liegen wir schon abgestochen in unserem eigenen Blut ... Von wegen Freund und Helfer. Bringt mir alles nichts, wenn's hart auf hart kommt." Einer der Männer hat bis jetzt nichts gesagt. Er steht etwas abseits an die Wand gelehnt, das Grau seiner Haare wird vom sanften Kerzenschein erhellt, er wirkt alt und gebrechlich und hat den Blick seit einiger Zeit starr auf den Boden gerichtet. Dann räuspert er sich, mit einem Mal wird es mucksmäuschenstill in dem kleinen Raum. Er beginnt zu sprechen. Seine Stimme wirkt trotz seines fortgeschrittenen Alters tief und kräftig. „Meine Herren … Vieles wurde heute Abend gesagt. Viele Ängste und Bedenken geäußert, viele Vermutungen angestellt. Doch nichts davon kann das Gefühl beschreiben, dass in einem aufkommt, wenn man die Urne seines Enkelsohns aussuchen muss, weil seine Mutter einen psychischen Zusammenbruch erlitten hat und mit Medikamenten vollgepumpt werden muss, damit sie sich nichts antut. Bis heute ist meine Tochter nicht fähig die Anstalt zu verlassen, geschweige denn einer Arbeit nachzugehen. Sie sitzt tagein, tagaus in ihrem kleinen Zimmer, das sie sich mit einer anderen Insassin teilt und malt dort Mandalas aus und spricht mit niemandem … Ich habe an diesem Tag nicht nur meinen Enkelsohn verloren, sondern auch meine geliebte Tochter … Sie war immer so ein fröhliches, gutes Kind.“ Er bricht ab. Ist das eine Träne, die in seinem Augenwinkel glitzert? „Joachim war ein so lieber Junge. So mitfühlend, so sensibel … zu sensibel. Er hatte immer ein offenes Ohr und ein offenes Herz für alle Menschen. So voller Vertrauen ist er in die Welt gegangen, nie hat er hinter etwas eine böse Absicht vermutet … Und dieses Aas, dieses verfluchte Kretin von Mensch, dieser Abschaum hat das ausgenutzt. Hat sich sein Vertrauen erschlichen, ihm eine Freundschaft vorgespielt, nur um ihn mit seinem Gift anzufixen und ihn abhängig zu machen. Er wusste um die Gutmütigkeit und Verletzlichkeit meines Enkels und hat das schamlos ausgenutzt. Er war es, der ihm das Rauschgift verkauft hat und meinen Joachim in ein Monster verwandelt hat. Wenn er nicht gewesen wäre, dieses hinterlistige, geldgeile Subjekt, dann wäre heute vieles anders … Und es ist nicht nur mein Enkel, den er auf dem Gewissen hat. Dieser gottverdammte Wendler hat gezielt nach jungen Menschen an der Schule Ausschau gehalten, um ihnen Drogen zu verkaufen. Ihm war ihr Elend egal, er wollte einfach nur Profit machen … So ein Subjekt hat keinen Platz in einer Gesellschaft verdient.“ Schweigen. Dann fährt er fort: „Eure Kinder, die könnten die nächsten sein. Wollt ihr das? Könnt ihr das mit eurem Gewissen vereinbaren?“ Keiner der Anwesenden sagt etwas. Der alte Mann wirft einen Blick auf seine Armbanduhr. 0:34. „Also, meine Herren, tempus volat, so sehr ich unsere Treffen auch genieße, ich bin müde und freue mich auf mein Bett. Wie entscheiden wir uns?“ Er wirft einen prüfenden Blick in das Gesicht jedes einzelnen Anwesenden. „Wer ist dafür? Tod statt Bestrafung?“ Vier Hände gehen wortlos, aber bestimmt in die Höhe. Nur einer der anwesenden Männer lässt seine Hand unten und starrt die anderen beleidigt an. „Also … Vier zu eins. Die Entscheidung wurde getroffen. Ich gebe unserem Mann Bescheid und leite ihm unseren Befehl weiter. Meine Herren, es war mir wie immer ein Vergnügen.“ Alle stehen auf, der Redner ballt seine knochige, dünne Hand zu einer Faust und streckt sie nach oben. „Für Rothenburg!“ Die anderen tun es ihm gleich und antworten ihm im Chor. Dann löst sich die Versammlung auf. Nur der beleibtere Mann bleibt sitzen und starrt immer noch verärgert ins Leere. Beim Hinausgehen klopft ihm der Redner kameradschaftlich auf den Rücken und murmelt: „Demokratie, mein Freund … Demokratie.“

Roten Burg

Kapitel 20

Wieder zum aktuellen Zeitpunkt …

Der große Mann mittleren Alters, der sich gerade auf dem Weg aus Rothenburg befindet, hat genug gesehen. Er ist entsetzt, verwirrt und angewidert und kann nicht glauben, was er soeben erlebt hat. Nichts wie weg von hier, ist sein einziger Gedanke. Er beschleunigt seine Schritte. Wenn er sich ein bisschen beeilt, dann könnte er noch den letzten Zug erwischen. Ein leichter Nieselregen hat inzwischen begonnen. Sein warmer Atem hängt in kleinen Wölkchen vor seinem Gesicht und lässt seine Brille anlaufen. Immer wieder muss er sie abnehmen und drüber wischen, sonst sieht er nur noch verschwommen. Sein Körper zittert, es fällt ihm sichtlich schwer ruhig und konzentriert zu bleiben, so sehr ist er innerlich aufgewühlt. Nur gut, dass an diesem kalten, regnerischen Herbstabend niemand mehr auf den Straßen ist. Er würde vor Scham im Boden versinken, wenn er jetzt einer bekannten Person begegnen würde. Ihm scheint es, als ob auf seiner Brust ein riesiger, aufreizend blitzender scharlachroter Buchstabe prangern würde und jeder genau wüsste, was er gerade getan hatte. Jedoch die Stadt ist wie ausgestorben. Er konnte es nicht glauben, dass er sich zu so etwas Widerlichem hatte hinreißen lassen. Nervös nestelt er in seiner Jackentasche herum. Ah, da ist er ja. Schnell streift er den schweren, goldenen Ehering wieder über seinen Ringfinger, als ob diese kleine Geste die letzte halbe Stunde mit Katja ungeschehen machen könnte … Er hatte seiner Frau versprochen sich zu melden, sobald das „Meeting" vorbei war. Jetzt ist wahrscheinlich der richtige Zeitpunkt dazu. Mit zitternden Händen kramt er das Telefon aus seiner klobigen Aktentasche und wählt ihre

Nummer. Angstschweiß perlt von seiner Stirn, er schluckt schwer. Gerade passiert er den Stadtausgang Galgentor. Er ist so nervös und bemerkt gar nicht, dass er die letzten Meter auf der Straße gegangen ist und jetzt das mächtige Tor durch die Autostraße und nicht auf dem Fußgängerweg durchquert. Nach ein paar Freizeichen hebt sie ab. Jetzt verfällt er endgültig in Panik. Freundlich wie immer erkundigt sie sich nach seinem Tag. Er bekommt keinen Ton heraus. Mit angstgeweiteten Augen starrt er in die Dunkelheit. In der Passage des Galgenturms ist es finster, keine Straßenlaterne spendet Licht. Seine Augen brauchen ein paar Sekunden, um sich an die Dunkelheit zu gewöhnen. Aber dann sieht er ihn. Sein Körper beginnt unkontrolliert zu zucken. Das Telefon gleitet ihm aus der Hand und fällt mit einem dumpfen Knall auf den Boden. Dann beginnt er zu schreien. Einen gellenden, lauten Angstschrei, der von den massiven Steinwänden des Durchgangs unheimlich verstärkt wird.

Über ihm schwebt in gut 3,5 Metern Höhe ein Mann. Er röchelt und gurgelt unverständliche Laute. Sein Körper zuckt spastisch und unkontrolliert. Immer wieder bäumt sich sein Brustkorb auf, gefolgt von einem grässlich röchelnden Laut, der aus den tiefsten Tiefen seines Körpers zu kommen scheint. Der nächtliche Spaziergänger ist immer noch in Schockstarre. Die Zeit vergeht unendlich schnell und unendlich langsam zu gleich. Die Augen des schwebenden Mannes sind weit aufgerissen und starren ihn mit einem irren Ausdruck an. Er zuckt und bäumt sich, aber fixiert ihn weiter und stößt undefinierbare Laute aus. Sein Mund ist geknebelt, Blut rinnt unter dem Stofftuch hinaus und tropft von seinem Kinn. Jetzt erst sieht er den massiven Strick, der unbarmherzig in den Hals des Mannes schneidet. Röcheln gefolgt von einem wilden Aufbäumen des im Todeskampf befindlichen Körpers. Lange würde er das nicht mehr durchhalten. Die Beine waren aneinandergebunden, die Hände hinter dem Rücken verschränkt. Unregelmäßige Zuckungen. Wie eine Larve im Endstadium. Bloß, dass aus diesem Todes-Kokon niemals ein Käfer schlüpfen würde. Die Adern auf der Stirn des Sterbenden scheinen fast zu platzen, so sehr stehen sie hervor. Selbst durch den dunklen Teint des Mannes sieht man, wie sich seine Gesichtsfarbe immer mehr verändert. Sie wirkt beinahe bläulich. Er schwitzt stark, sein dunkles, lockiges Haar klebt ihm an der Stirn, die gurgelnden Laute aus seiner zugeschnürten Kehle werden allmählich schwächer. Seine Augen fixieren immer noch mit einem Ausdruck wilder Angst den Mann unter ihm.

Er zuckt noch ein paar Mal. Dann ersterben die Bewegungen. Es wird ruhig. Aber seine

Augen sind immer noch starr und anklagend auf den Mann gerichtet.

Weis spaziert die Heugasse hinunter und sinniert über die Geschehnisse der letzten Tage. Wer hätte gedacht, dass ausgerechnet ein Einsatz im verschlafenen Rothenburg sich als einer der kompliziertesten Einsätze seiner bisherigen Karriere entpuppen würde? Er muss sich eingestehen, dass er die Lage unterschätzt hat. In seinem Kopf sind tausend Gedanken zugleich. Rothenburg, das seltsame Verhalten seiner Kollegen, sein offensichtliches Alkoholproblem und, das musste er zugeben, auch Wolski, an die er seit ihrem ersten Treffen mehr dachte, als ihm lieb war. Ein plötzliches Geräusch reißt ihn aus seiner Grübelei. *Was war das? Hat sich angehört wie ein Schrei.* Weis ist wieder ganz im Moment. Alarmiert beschleunigt er

seine Schritte in die Richtung, aus der er den beunruhigenden Laut vermutet. Schnell biegt er in die Hirtengasse ein, als er einige Meter vor ihm eine große, dunkle Gestalt um die Ecke verschwinden sieht. Weis beginnt zu laufen und folgt der dunkel gekleideten Person in die Schlegeleinsweth. Nur noch wenige Meter trennen ihn von ihr. Erst jetzt bemerkt er die seltsame Kleidung der unbekannten Gestalt.
Sie trägt einen schwarzen Hut über einem weiten, dunklen Mantel. In der Hand hält sie einen langen Stab. Aber nein, das ist gar kein langer Stab, sondern eine mittelalterliche Hellebarde, eine Mischform aus Hieb- und Stichwaffe. Jetzt bekommt es Weis ein bisschen mit der Angst zu tun. „Halt, stehen bleiben, Polizei!", ruft er mit schwacher Stimme. Die Gestalt bleibt abrupt stehen und dreht sich zu ihm um. Ein bärtiger Mann mit lockigem Haar und vollem Gesicht schaut ihn an. Ein Signalhorn hängt an seinen Rücken und um den Hals baumelt

ein kleines Lämpchen, in dem eine rote Kerze munter flackert. „Ja?“, fragt der Mann erstaunt und Weis fühlt sich auf einmal furchtbar bescheuert. Die düstere Person, die er in seiner Paranoia für den Mörder hielt, ist der berühmte Rothenburger Nachtwächter, der Touristen eine abendliche Stadtführung anbietet und sich seit Jahren großer Beliebtheit erfreut. „Tut mir leid, ich habe Sie verwechselt. Schönen Abend noch … und tolles Kostüm.“, nuschelt er und stürmt peinlich berührt an dem perplexen Mann vorbei.

Wie peinlich. Er hat es so eilig gehabt schnell wegzukommen und es so gar nicht bemerkt, dass er in die falsche Richtung gelaufen war. Der Schrei geht ihm immer noch nicht aus dem Kopf. Vor ihm ragt die Stadtmauer auf. Er überlegt, dass es keine schlechte Idee wäre oben entlang zu gehen, um einen besseren Blick auf Rothenburg zu haben. Also besteigt er das hölzerne Gerüst, welches hinauf führt und setzt seinen Erkundungsgang fort. Spähend wandert er die Stadtmauer entlang und stößt sich das eine oder andere Mal beinahe den Kopf an der niedrigen Überdachung. Immer wieder stolpert er auch über die unregelmäßig verlegten Steine im Boden, aber das hält ihn nicht von seinen nächtlichen Beobachtungen ab.

Kurz vor dem Kummereckturm reißt ihn plötzlich eine seltsame Körperempfindung aus seiner „Überwachung". Ein kalter Schauer durchzieht ihn, der Magen grummelt nervös. Irgendetwas hat sich verändert. Irgendetwas ist faul. Seine Instinkte haben Weis noch nie im Stich gelassen und er weiß, dass er sich auf sie verlassen kann. Vorsichtig schaut er sich um. Nichts zu sehen. Der leichte Nieselregen war inzwischen zu einem stärkeren Schauer geworden, die Tropfen trommeln laut auf Dächer und Straßen. Da! Vor ihm in der Dunkelheit. Ein schwaches Leuchten. Jetzt ist es verschwunden. Kurze Zeit später leuchtet es erneut.

Das Glimmen einer Zigarette in der Ferne. Er kneift die Augen zusammen, um besser zu sehen. Tatsächlich. Dort beim Kummereckturm auf der Stadtmauer sieht er sie. Die Silhouette eines rauchenden Mannes. Er steht im Schatten des Turmes, aber das Glimmen seiner Zigarette verrät ihn. Die Gestalt blickt verstohlen Richtung Galgentor. Beobachtet. Genießt. Weis´ Nackenhaare stellen sich auf. Alles um ihn herum scheint sich zu verlangsamen. Sein Herzschlag beschleunigt sich. Adrenalin in seinen Adern. Die dunkle Gestalt. Die Silhouette wie in der Tankstelle. Die Zigarette. Sein Bauchgefühl. Das war kein falscher Alarm. Er kann es spüren. Gefahr liegt in der Luft. Aber er fürchtet sie nicht. Auf diesen Moment hatte er gewartet. Zeit verliert ihre Bedeutung. Alles was jetzt zählt, ist die Jagd. Einmal noch tief durchatmen. Und dann beginnt er zu laufen. Zieht seine Dienstwaffe unter seinem durchnässten Mantel hervor. Alles scheint jetzt automatisch zu passieren. Er ist ganz im Hier und Jetzt. Schleicht so leise wie möglich um die Ecke und auf den Turm zu. Aber zu spät. Die Gestalt hat ihn erkannt. Sie dreht sich um und flüchtet. Weis nimmt die Verfolgung auf. Die beiden Männer rennen die Stadtmauer entlang in Richtung Galgentor. Dort sieht Weis aus dem Augenwinkel wie sich zwei Einsatzfahrzeuge nähern. Da fällt ihm ein, dass er gar keine Verstärkung angefordert hat. Keiner wusste, wo er war. *Jetzt nur keine Panik, Armin, du kriegst das hin! Konzentrier dich!* Die Stadtmauer ist überdacht. Die Decke ist nicht besonders hoch. Aber die Gestalt ist riesig, mindestens zwei Meter. Sie muss den Kopf einziehen, um sich nicht zu stoßen. Weis nutzt den Vorteil seiner Durchschnittsgröße und beginnt noch schneller zu rennen. Der Boden ist uneben, immer wieder stolpert er über einen ungeraden Stein, aber er lässt sein Ziel nicht außer Augen. Die Gestalt rennt geduckt an der Mauer entlang. Sie ist schnell. Und ausdauernd.

Weis geht langsam die Puste aus. Was hat er sich nur dabei gedacht? Hier den Helden spielen zu wollen? Zu welchem Preis? Sie sind kurz vor dem Röderturm als es passiert. Der Verfolgte dreht sich für einen kurzen Moment, um einen Blick auf seinen Verfolger zu erhaschen und stößt sich dabei den Kopf an einem Balken. Er stürzt schwer und fällt der Länge nach hin. Weis beschleunigt seinen Lauf noch einmal. Seine Lunge scheint unter der Anstrengung zu bersten, aber er holt auf. Gleich hat er ihn erreicht. Nur noch einige Meter. Fast hat er ihn erreicht, als die Gestalt plötzlich taumelnd aufsteht. Weis bremst abrupt ab. *Verdammt, was ist das für ein Hüne!* Blitzschnell wendet sich der Riese zu dem erschrockenen Weis um. Er hat nicht damit gerechnet, dass die Gestalt nach diesem Zusammenprall mit einem massiven Stück Holz so schnell wieder auf den Beinen ist. Verdammt. Er ist jetzt viel zu nahe an ihm dran. In der Hand des Hünen blitzt etwas metallisch auf. *Eine Athame! Noch dazu eine verdammt lange.* Der Hüne nähert sich ihm wortlos, der kalte Stahl des Dolches blitzt gespenstisch im schwachen Schein der nächtlichen Straßenbeleuchtung. Zum ersten Mal kann Weis sein Gesicht erkennen. Der Mann ist jung, höchstens 30 Jahre alt. Seine Augen sind kalt und emotionslos, wie die einer jagenden Schlange. Er kommt näher. „Stehen bleiben und Waffe fallen lassen! Sofort!!!" Doch der Mann denkt nicht daran. Im Gegenteil. Jetzt beschleunigt er seine Schritte. Hebt die Athame und läuft direkt auf den Kommissar zu. Seine kalten Augen fixieren ihn. „Stehenbleiben!", brüllt Weis. Aber vergeblich. Der Mann ist kaum mehr einen Meter von ihm entfernt. Ein Schuss hallt durch die Nacht. Und noch einer. Der Mann stolpert, sein Gesicht wirkt für einen kurzen Moment verdutzt. Weis geht einen Schritt zurück. Der Angreifer sackt zusammen, seine Hände umklammern immer noch den Dolch. Der Kommissar atmet schwer. Seine Ohren sind temporär taub von den Schüssen. In seinem Kopf klingelt es. Er atmet schwer. Langsam dringen die Ereignisse der letzten Sekunden in sein Bewusstsein vor. *Was habe ich getan?* Die Waffe ist immer noch in seiner rechten Hand. Seine Hände beginnen zu zittern. Beinahe lässt er die Waffe fallen. Er stolpert ein paar Schritte rückwärts und hält sich an dem hölzernen Geländer fest. *Atme durch, beruhig dich, Armin. Du musst jetzt einen kühlen Kopf bewahren.* Mit seiner linken Hand nestelt er in seiner Jackentasche nach seinem Handy. Er muss die Kollegen verständigen. Einen Krankenwagen. Es war Notwehr. Aber wenn sie sein Blut auf Alkohol untersuchen, würden sie ihm noch Glauben schenken? Umständlich fischt er endlich sein Telefon aus der Innenseite seiner Jackentasche. Dann geht alles ganz schnell. Eine Bewegung im Augenwinkel. Zwei Körper die aufeinandertreffen. Weis ist dem Hünen unterlegen. Sein Kopf schlägt dumpf auf den harten Steinboden auf. Die Luft entweicht aus seinen Lungen. Sterne tanzen vor seinen Augen. Alles geht furchtbar schnell und elendig langsam zugleich. Ein Gewicht drückt schmerzhaft auf seinen Brustkorb. Der Hüne ist über ihm. Drückt mit seinem ganzen Körpergewicht auf ihn. Der Geruch von Menthol-Zigaretten und Schweiß. Die kalten Augen des Mörders blitzen diabolisch. Und tatsächlich. Er lächelt. Der Saukerl lächelt. Dann schwingt er den Dolch. Lässt ihn heruntersausen. Metall schneidet in Fleisch. Panik. Todesangst. Ein gellender Schrei. Ein Schuss. Und dann ist es still. Totenstill.

Kapitel 21

Laut keuchend erwacht Weis. Das Tageslicht blendet ihn, er schließt sofort wieder die Augen. *Wo bin ich?* Vorsichtig öffnet er ein Auge und scannt seine Umgebung. Links neben ihm ein Sessel mit achtlos darauf platzierten Klamotten. Am Bettende eine Kommode mit einem alten Röhrenfernseher darauf. Daneben steht eine Lavalampe. Von dem großen Fenster rechts von ihm dringt der morgendliche Verkehrslärm an sein Ohr. *Du bist zuhause, Armin. Du hattest nur einen Albtraum. Es ist alles gut.* Er möchte aufstehen und sich einen Kaffee machen. Beim Aufrichten fährt ein stechender Schmerz durch seine linke Körperhälfte. Erst jetzt fällt ihm der Verband auf, der sich über seinen Oberkörper schlängelt, wie eine weiße Python. Auf einmal kommen alle Erinnerungen wieder hoch. Sein Auftrag.

Rothenburg. Die nächtliche Verfolgungsjagd über die Stadtmauer. Der Angriff. Und dann der Schuss. Das alles war jetzt gut fünf Tage her. Was nach dem Kampf mit dem Unbekannten geschah, daran hat Weis nur noch lückenhafte Erinnerungen. Der Angriff kam völlig überraschend. Hatte er doch gedacht, dass die zwei Schüsse ihn bereits niedergestreckt hatten. Doch er hatte die Zähigkeit seines Gegners unterschätzt. In einem unaufmerksamen Moment stürzte dieser sich von hinten auf ihn und rammte ihm seinen Dolch zwischen die Rippen. Weis reagierte im Affekt. Und schoss dem Hünen eine Kugel direkt zwischen die Augen. Das Leben des Angreifers entwich augenblicklich aus seinem Körper, der Weis unter sich begrub. Blut … überall Blut. Das Blut des Täters mischte sich mit dem Blut des Opfers. Er hatte Weis schwer verwundet. Der Dolch steckte noch in seinen Rippen, als die Kollegen eintrafen und die Rettung alarmierten. An den Weg ins Krankenhaus kann er sich nicht mehr erinnern. Die letzten Tage sind von einer Vielzahl an Gedächtnislücken geprägt. Nachdem sein Zustand stabil war, brachte man ihn zurück nach München, in seine kleine 1-Zimmer-Wohnung in der Maxvorstadt. Dort hütet er seit zwei Tagen das Bett. Eine Pflegerin sieht ein paar Mal am Tag nach dem Rechten. Was er jetzt vor allem braucht ist Ruhe und Entspannung. Aber die Bilder jener Nacht lassen ihn nicht los … Sobald er wieder fit ist, gehen die Befragungen los, das wusste er. Wahrscheinlich haben sie bereits im Krankenhaus einen Alkoholtest durchgeführt, der positiv ausgefallen war. Würde man sein Handeln dennoch als Notwehr anerkennen? Wahrscheinlich schon, aber man würde ihn trotzdem nicht weiter unterstützen. Zuerst beurlauben. Und dann suspendieren. Das übliche Prozedere. Weis kennt es gut.

Das leise Piepen des Handys reißt ihn aus seinen düsteren Gedanken. Eine Textnachricht von Wolski. Sie hatten seit seiner Überführung nach München regelmäßig miteinander gesimst. *Schalt den Fernseher ein.* Die Fernbedienung liegt griffbereit auf seinem Nachtkästchen. Er drückt den Knopf und das vorsintflutliche Gerät kommt langsam in die Gänge. Weis braucht nicht lange zu zappen. Es ist auf allen Kanälen. Eine adrette blonde Nachrichtensprecherin berichtet: *Aufatmen in Rothenburg! Nachdem eine brutale Mordserie das malerische Städtchen Rothenburg ob der Tauber im Norden Bayerns, das bis vor kurzem vor allem für seine mittelalterliche Architektur bekannt war, in Atem gehalten hat, ist es nun der ortsansässigen Polizei endlich gelungen, dem Täter das Handwerk zu legen. Heute um 18 Uhr gibt es eine von der Polizeikommission Rothenburg abgehaltene Pressekonferenz. Unsere Reporter sind live für Sie vor Ort. Bleiben Sie dran!*

Kapitel 22

Er hat sich den Wecker auf kurz vor 18 Uhr gestellt, damit er die Pressekonferenz nicht verpasst. Das laute Piepsen weckt ihn aus einem unruhigen, seichten Schlaf. Noch etwas verwirrt tastet er nach der Fernbedienung und schaltet das Gerät ein. Sofort ist Christopher Eberleins fette Visage auf der Mattscheibe zu sehen. Die nicht sehr schmeichelhafte Beleuchtung lässt ihn noch fetter und schmieriger aussehen, aber ihn scheint das nicht zu stören. Siegessicher grinst er in die Kamera, die kleinen Äuglein funkeln selig. Er beginnt zu erzählen. Berichtet von dem Beginn der Mordserie Ende August. Wie er und seine Kollegen die Leiche von Moritz S. im Burggarten entdeckt haben und über den seltsamen lateinischen Spruch gerätselt haben. Erzählt von dem ertränkten Immobilienmogul Tom D., der in einem Replikat eines mittelalterlichen Schandkorbes in der Tauber ertränkt wurde. Spätestens nach dem zweiten Mord war ihnen dann bewusst gewesen, dass sie es höchstwahrscheinlich mit einem Serientäter zu tun hatten, der seine Opfer willkürlich auswählte, da keine Verbindung zwischen den beiden Männern bestand. Als auch noch der rauschgiftsüchtige Kevin W. im Rothenburger Kriminalmuseum auf grausame Art und Weise getötet wurde, war ihnen klar, dass sie es mit einem sadistischen und hochgradig gestörten Serienmörder zu tun hatten, der höchst gefährlich war. *Na klar, IHR seid da ganz allein auf alles draufgekommen.* Der letzte Mord hätte schließlich zur Ergreifung des Mörders geführt. Jetzt wird es spannend. Weis schaltet den Ton ein bisschen lauter. Eberlein erzählt. Nachdem der Täter sein viertes und letztes Opfer, den 29-jährigen Mohammed A. am Galgenturm erhängt hatte, zog er dabei die Aufmerksamkeit eines jungen

Rothenburger Kriminalbeamten, Werner Jüttner auf sich, der nach dem Notruf, den ein Passant abgegeben hatte, als erstes am Tatort eintraf. Bei einer möglichen Zeugenbefragung flüchtet der Verdächtigte. Der mutige Beamte riskierte in einer gefährlichen Verfolgungsjagd auf der Stadtmauer von Rothenburg sein Leben, konnte den Täter schließlich stellen. Dieser weigerte sich jedoch gegen die Festnahme und griff Jüttner hinterrücks mit einer Athame an. Eberlein klärt auf, dass es sich bei einer Athame um eine mittelalterliche Stichwaffe handle, die besonders zu kultischen Zwecken verwendet wurde. Ein weiterer angeblicher Hinweis auf die psychische Gestörtheit des Täters. Der Täter lies die Waffe trotz mehrmaliger Aufforderung von Werner Jüttner nicht fallen und ging auf den Beamten los. Dieser stoppte ihn mit zwei Schüssen aus seiner Dienstwaffe. Der Täter erlag jedoch seinen Verletzungen auf dem Weg ins Krankenhaus. Den Beamten treffe keine Schuld, da er aus Notwehr gehandelt hat. Er sei ein Held, der Leib und Leben riskiert habe, um die Bürger von Rothenburg vor diesem hochgradig gestörten Mann zu beschützen. *Soso. Werner Jüttner, du Helfer und Held des Volkes. Du hast alles riskiert, um dieses Monster zu schnappen, nicht wahr? Ich schätze, es stimmt, was man über Helden sagt: Die werden dann zu welchen gemacht, wenn man sie braucht.* Ein kurzer Schluchzer entweicht aus seiner Kehle. Jetzt schmerzt ihm wieder die Seite. Er ist gekränkt. Fühlt sich wie ein unbedeutendes Bauernopfer, in einer Partie Schach, die jedoch nur gewonnen werden konnte, weil er sich geopfert hat. Ruhm und Ehre bedeuten ihm nichts. Wahrheit ist das höchste Gut. Aber hier wurde die Wahrheit mit Füßen getreten und grotesk verstümmelt und entstellt. Es war zum Heulen. *Soll all das umsonst gewesen sein?* Wolski oder seine Wenigkeit wurden mit keinem Wort erwähnt. Es war so, als ob er nie Teil von dieser Ermittlung gewesen wäre, sich das alles nur eingebildet hätte. Aber warum sollte er sich so eine verkorkste Geschichte ausdenken? Eberleins Erzählung über den Täter reißt ihn aus seinen Grübeleien. Beim Täter handelt es sich um den 31-jährigen Jurastudenten Philipp W. Der junge Mann war bis zu diesem Zeitpunkt niemals aktenkundig gewesen, er führte ein ruhiges und zurückgezogenes Leben. Er hatte wenig Sozialkontakte, aber ausgezeichnete Noten und wurde von seinen Kommilitonen als äußerst ehrgeizig, interessiert und intelligent beschrieben. Auch in seiner Freizeit interessierte er sich für alles was mit dem Jura-Studium zusammenhing. Besonders Rechtsgeschichte hat ihn fasziniert, in seiner Wohnung wurden unzählige Bücher und Dokumente über dieses Thema gefunden. Auch seine Exfreundin, eine Mitarbeiterin des Rothenburger Kriminalmuseums, gab zu Protokoll, dass sein Interesse an dem Museum und seinen Exponaten immer schon außergewöhnlich groß war. Bei der Durchsuchung seiner Wohnung konnten die Beamten außerdem auch einige Replikate von mittelalterlichen Waffen sicherstellen sowie jede Menge Bilder von mittelalterlichen Folterszenarien. Zudem fanden sich Dutzende nachgemachte Schlüssel verschiedener Einrichtungen und Gebäude von Rothenburg. Die Psychiaterin Gudrun Seefelder attestiert Philipp W. stark autistische Züge, wahrscheinlich in Richtung Asperger-Syndrom gehend. Er war scheu, zurückgezogen, suchte nicht nach sozialen Kontakten, aber ging voll in der Thematik seines Studiums auf, mit dem er sich stunden- und tagelang beschäftigen konnte. Sie glaubt, dass er mit der Zeit einen gewissen Verfolgungswahn entwickelt hat, der dazu führte, dass er in jedem noch so kleinen Vergehen ein großes Unrecht sah, gegen das er vorgehen wollte. Im Spätsommer ließ er seinen Fantasien schließlich Taten folgen und ermordete vier Menschen, die seiner Meinung nach, Unrecht begangen hatten. Und tatsächlich hatte jeder der Ermordeten Dreck am Stecken, redet Eberlein weiter, der seinen Fernsehauftritt sichtlich genießt. Schließlich konnte aufgrund dieser Tat nachgewiesen werden, dass der Oberarzt Moritz S. nicht nur in Verbindung mit einem deutschlandweit operierenden Pädophilen-Netzwerk stand, sondern selbst auch aktiv am Missbrauch von mindestens zwei kleinen Kindern beteiligt war. Inzwischen hat ein Sonderkommando diesen Fall übernommen. Die Öffentlichkeit wird informiert, sobald es mehr Informationen gibt. Und auch das vierte und letzte Opfer des „Rächers von Rothenburg“ steht in einem direkten Zusammenhang mit mehreren Vergehen. Mohammed A. gilt als Hauptverdächtiger im Fall Jaqueline W., die 2016 auf dem Nachhauseweg von einem Disko-Besuch nahe Rothenburg überfallen und mehrmals brutal sexuell missbraucht wurde. Kevin W. und Tom D. waren ebenfalls keine Unschuldslämmer, fügt er hinzu. Die Opfer wurden also nicht willkürlich ausgewählt, sondern von dem fanatischen Philipp W. ihrer, seiner Meinung nach, gerechten Strafe zugeführt. Eberlein schweigt kurz und tupft sich mit einem Taschentuch den Schweiß von der Stirn. Dann nimmt er hastig einen Schluck Wasser und fährt fort. Interessant sei es, wie die Rothenburger selbst auf diese Mordserie reagiert haben. Zeigten sie sich zu Beginn noch eingeschüchtert und entsetzt bezüglich der grausamen Taten, so hat sich die Meinung von vielen heute geändert. Einige Menschen, so Eberlein, hätten sogar anonyme Schreiben an lokale Zeitungen geschickt, in denen sie schrieben, dass sie es eigentlich gar nicht schlecht fanden, dass hier endlich einmal „aufgeräumt“ wurde. Besonders was Kinderschänder, Diebe, Betrüger und Drogenabhängige betraf, hätte eh einmal richtig hart durchgegriffen werden müssen. Einige schienen mehr als nur froh gewesen zu sein, dass endlich einmal jemand „mit voller Härte gegen dieses Gesindel" vorgegangen wäre, da dies die einzige Sprache sei, die solche Menschen verstehen würde. Auf jeden Fall seien die Rothenburger froh, sich wieder sicher und frei in ihrer schönen Stadt fühlen zu können und sind der Polizei sehr dankbar für ihren Einsatz. Die anwesenden Journalisten könnten nun ihre Fragen an die Anwesenden richten.

Weis schaltet das Fernsehgerät aus und starrt einige Zeit auf den schwarzen Bildschirm. *Aha. So war das also. Der mutige Polizeibeamte Werner Jüttner hat unter Einsatz seines Lebens den Täter in einer nervenaufreibenden Verfolgungsjagd stellen können. Welch eine heroische Tat!* Wolski oder seine Wenigkeit wurden mit keinem Satz erwähnt. Und auch die Internet-Recherche ergab keinen Treffer. Es war, als ob Weis nie Teil dieses Einsatzes gewesen wäre. Als ob er nicht existieren würden. Nicht dass es sein Ego gebraucht hätte, als Held gefeiert und in den Fokus der Öffentlichkeit geschliffen zu werden. Aber Werner Jüttner seine Taten zuzuschreiben, das empfindet Weis doch als eine persönliche Niederlage. Plötzlich fühlt er etwas, das er schon lange nicht mehr gespürt hat. Dieses beklemmende Gefühl, dass er eigentlich gar nicht existieren würde. Er Luft wäre, unsichtbar und ungreifbar und jeder durch ihn hindurchzugehen scheint, ohne Notiz von ihm zu nehmen. *Existierst du überhaupt? Ist das alles überhaupt wirklich passiert oder hast du nur geträumt?* Seine schmerzende Flanke signalisiert ihm, dass die Ereignisse der letzten Woche keineswegs bloß seiner Fantasie entsprungen sind. Frustriert lässt er sich noch tiefer ins Kissen sinken und fällt kurz darauf in einen tiefen, traumlosen Schlaf.

Kapitel 23

Als Weis wieder aufwacht ist es draußen bereits dunkel. Das grüne Lämpchen seines Handys leuchtet. Als er auf das Display schaut sieht er mehrere Anrufe in Abwesenheit, einige E-Mails und Textnachrichten. Oberkommissar Harms hat vier Mal versucht ihn zu erreichen. Mittlerweile ist es 23:15 Uhr. Er würde ihn morgen zurückrufen. Eine E-Mail in seinem Posteingang erregt seine Aufmerksamkeit. Ein seltsames Gefühl macht sich in seiner Magengegend breit. Noch bevor er sie öffnet, weiß er was drinnen stehen wird. Und tatsächlich. Es war ein formloser Bescheid über eine vorläufige Suspendierung. Unter den Entscheidungsgründen für Weis´ vorläufige Suspendierung wird seine Alkoholisierung zum Tatzeitpunkt angeführt. Ihm wird vorgeworfen, während seiner Dienstzeit an jenem

Abend alkoholische Getränke in unbekannter Menge konsumiert zu haben. Er habe dadurch seine Dienstpflicht verletzt. Er spürt wie sich sein Körper versteift und Adrenalin durch seine Adern gejagt wird. Zitternd öffnet er die nächste E-Mail. Es ist eine Vorladung zu einer Anhörung, um festzustellen, ob es sich bei den Schüssen aus seiner Dienstwaffe um verhältnismäßige Notwehr gehandelt hat. Der Tathergang muss rekonstruiert werden und Weis` Aussagen mit den Spuren am Tatort verglichen werden. Der Termin wird stattfinden, sobald es seine gesundheitliche Kondition wieder zulässt. Die restlichen Textnachrichten sind von Wolski. Er liest sie gar nicht mehr, sondern wirft sein Handy mit aller Kraft, die er aufbringen kann in die Ecke seines Zimmers. *Leckt mich doch alle. Ich habe keine Energie mehr für das Ganze. Ich will einfach nur schlafen … schlafen und erst wieder aufwachen, wenn dieser Albtraum, der mein Leben geworden ist, endlich vorbei ist.* Umständlich richtet er sich aus seiner Bettstätte auf. Kurzzeitig hat der Schock, den diese Nachrichten bei ihm ausgelöst haben, seine Schmerzen überdeckt. Jetzt schlagen sie wieder erbarmungslos mit voller Härte zu. Und plötzlich kommen die Tränen. Zuerst nur eine. Dann immer mehr. Sie schießen nur so aus ihm heraus, wie ein Damm, der unter einer riesigen Belastung endlich bricht. Weis weint lautlos, sein Gesicht ist nass, die salzige Flüssigkeit bahnt sich ihren Weg über seine Wangen, seinen Hals und sickert in sein T-Shirt. Ein gebrochener Mann. Das war er wirklich. Nach einer gefühlten Ewigkeit versiegen die Tränen. *Alles leer. Nichts mehr da.* Langsam, unendlich langsam beginnt Weis sich aufzurichten. Wischt sich die restlichen Tränen mit dem Ärmel aus den Augen. Atmet einmal tief durch und steht auf. Vorsichtig tastet er sich durch seine dunkle Wohnung in Richtung Küche vor. Öffnet den Kühlschrank. Nimmt eine Flasche

Weißwein heraus. Und leert sie in einem Zug.

Epilog

Christopher Eberleins Laune könnte nicht besser sein. Die Pressekonferenz war ein voller Erfolg. Niemand hatte ihre Version der Geschichte angezweifelt. Weis war inzwischen schon wieder in München und wegen Trunkenheit am Arbeitsplatz und dessen Folgen vom Dienst suspendiert. Diese Peinlichkeit darf natürlich nirgends auftauchen, würde so die Polizei doch in ein viel zu schlechtes Licht gerückt werden. Sein Anruf bei Hauptkommissar Harms in München hatte Früchte getragen. Die Befragung des Hotelpersonals und Weis' Alkoholfahnen waren Indiz genug, um ihm die Karriere und seine Glaubwürdigkeit zu zerstören. Der „Schandfleck" Weis ist aus der Geschichte gelöscht worden. Alles klappt wie am Schnürchen. Langsam watschelt er den Gang hinunter zum Essensautomaten. Das viele Sprechen hat ihn ganz hungrig gemacht. Er drückt sich einen Schokoriegel aus dem Automaten, will zurück an seinen Schreibtisch und seine Sachen packen. Genug für heute. Er ist müde und will nur noch nach Hause. Gerade als er die Tür seines Büros öffnen will, kommt Werner Jüttner um die Ecke. Er hat eine glänzende Rede auf der Pressekonferenz hingelegt, eigentlich sollte er strahlen. Aber sein Gesicht ist ernst, zu ernst. Bevor Eberlein etwas sagen kann, drückt ihm Werner wortlos einen Aktenordner in die Hand. Eberlein klappt die Mappe auf. Ein interner Polizeibericht. Gestern Nacht ist es zu einer Gruppenvergewaltigung einer 15-jährigen Schülerin auf dem Friedhof von Rothenburg gekommen. Bei den Tatverdächtigen handelt es sich um drei junge Burschen. Eberlein klappt die Akte zu, gibt sie Werner zurück und öffnet seine Bürotür. Bevor er sie hinter sich schließt, dreht er sich um, blickt dem Beamten fest in die Augen und sagt: „Benachrichtige die anderen Mitglieder. Wir aktivieren den nächsten Rächer."

Roten Burg

Roten Burg

Stefan E. König

www.sk-games.de

Gesellschafts- und Brettspiele

Codes Serie

Denkspiele für Clevere

Roten Burg

Familienspiel für 2-4 Spieler, deutsch/englisch

Mühle für bis zu 4 Spieler

Familienspiel für 2-4 Spieler

Denkspiel für Clevere

Mit Liebe für dich gemacht

ISBN 978-3-7531-1822-2
www.epubli.de